Peter Blaikner

Aus dem Innergebirg

Pinzgauer Geschichten

EDITION EIZENBERGERHOF

EDITION EIZENBERGERHOF 20

Erstausgabe 2000, Auflage 1.000 Stück
Herausgeber: prolit - Verein zur Förderung von Literatur,
Strubergasse 23, A-5020 Salzburg
www.prolit.at

Umschlagfoto: Peter Blaikner
Umschlaggestaltung: Hans Heribert Dankl
Foto (Autor): Fritz Lorber

Satz: Peter Fuschelberger
Lektorat: Petra Nagenkögel, Peter Fuschelberger

Lektoriert nach der „alten" Rechtschreibung, jedoch mit angepasster s-Schreibung.

Druck: Salzburger Druckerei
Gedruckt auf chlorfrei gebleichtem Papier
mit Unterstützung der Kulturabteilungen von
Stadt und Land Salzburg sowie
des Bundeskanzleramtes - Sektion für Kunstangelegenheiten
Printed in Austria

ISBN 3-901243-19-4

Inhalt

Vorwort

Als Innergebirg bezeichnet man landläufig eine Gegend, die von Gebirgen umgeben ist und zu einem größeren Ganzen gehört, das auch flachere Teile aufweist. Man kann es nur durch Überqueren eines Gebirges, durch eine Bewegung taleinwärts oder durch Untertunnelung erreichen. Der Pinzgau ist ein solches Innergebirg, gehört er doch zum österreichischen Bundesland Salzburg, das teilweise auch außergebirgs existiert.

Man kann sich die Gegend, aus der man stammt, nicht aussuchen, man kann sie verlassen, sich ein Leben lang mit ihr herumschlagen, sie vergessen oder gern haben, man kann sie Landschaft nennen, Umgebung, Welt oder Heimat. Und irgendwann im Leben hat man das Gefühl, seiner Heimat etwas zurückgeben zu wollen. Manche geben ihr Fußtritte, weil sie glauben, der falsche Weg, den sie gegangen sind, habe etwas mit ihr zu tun, manche geben ihr das, wonach sie sich selbst immer gesehnt haben, ohne nachzurechnen und ohne zu fragen. Andere hingegen füttern sie wie ein unschuldiges Kind mit immer einfältigeren Sprüchen, Liedern und Gebäuden, um die eigene Beschränktheit weiter vor sich herschieben zu können. Ich gebe meiner Heimat ihre Geschichten zurück, Geschichten und Bilder von Menschen aus einer versunkenen Welt, die ich ohne sie nicht erlebt, nicht gehört und nicht begriffen hätte. Eingefallen sind mir diese Geschichten nicht, ich habe sie nur ausgedacht.

Das Eine

„Wirklichkeit und Vorstellung sind immer verschieden, sonst wäre ja die Vorstellung wirklich." So oder so ähnlich dachte sich die Katharina in einem der hintersten Winkel des Innergebirgs aus dem Tal hinaus. Doch trug sie ihre Gedanken nicht auf der Haut, sondern darunter, was offenbar niemandem zu Herzen ging.

Das Andere

Der Lechner Toni wohnte zwar sonnseitig, hatte aber schon als Kind nie viel zu lachen. In dieser Hinsicht unterschied er sich durch nichts von den gegenüberliegenden Schattseitnern. Eine Spur gebräunter war er, wenn man das als Ausdruck eines bescheidenen Glücks gelten lassen will. Der elterliche Bergbauernhof brachte ihn von Kindesbeinen an mit der Wirklichkeit der Arbeitswelt in hautnahen Kontakt, seine knapp bemessene Freizeit beschränkte sich auf das Necken von Eintagsfliegen und das Spielen mit Kuheutern. Sein größtes Interesse jedoch galt den unzähligen alpinen Naturgeistern, die seit Jahrhunderten das Leben und Sterben der tiefgläubigen Bevölkerung begleiten und von denen ihm seine Großmutter immer wieder erzählt hatte.

Streifzugsweise durchkämmte er das umliegende Gelände, jederzeit darauf gefasst, im unwegsamen Gehölz eines dieser Wesen anzutreffen. Er begab sich auf die Suche nach Kasermandln und Waldwiesenweiblein, Hoazln, Alraunen und Plattenmännlein, inspizierte jedes Erdloch, jede Felshöhle, um vielleicht etwas Schnabelperchtähnliches oder Erzweibelartiges zu erspähen und wartete oft stundenlang auf eine vorbeirennende brennende Sau, von der er schon so viel gehört hatte, dass sie sogar ihn, den Unerschrockenen, mit einem Anflug von Furcht und Grauen zu erfüllen vermochte. Doch nicht einmal den Schatten eines Unholds bekam er zu Gesicht und den eines Kobolds schon gar nicht. Die Trauer über seine Erfolglosigkeit wurde nur noch durch den Alltag der Stallarbeit überboten.

Einmal, als er wiederum auf der Lauer lag, vernahm er ein verdächtiges Geräusch. Ein Etwas schien den Weg entlangzugehen, gemütlich schnaufend den Weg entlang, ganz untypisch für unwegsames Unterholz bevorzugende Geister. An seiner weithin sichtbaren Zweibeinigkeit erkannte er sofort, dass es sich auf keinen Fall um die berüchtigt-gefährliche brennende Sau handeln konnte. Also verstellte er dem unbekannten Etwas kühn den Weg. Genaueres ist über das Zusammentreffen nicht bekannt, doch als ihn dieses menschenähnliche, hellhäutige Ungeheuer bloß freundlich anlächelte und ihm ein markiges „Na du?" entgegenschwang, lief der Lechner Toni, so schnell er konnte, davon, verbarrikadierte sich im elterlichen Hof und kam erst wieder hervor, als ihn die Mutter zu den abendlichen Kasnocken rief.

In dieser Nacht hatte er große Mühe einzuschlafen, nicht wegen der Kasnocken, die schwer in seinem Magen lagen, sondern wegen seiner seltsamen Begegnung, über die er noch lange nachdachte. Ein Einheimischer konnte das nicht gewesen sein, denn die Einheimischen waren ihm alle bekannt, es musste sich also um etwas Unbekanntes handeln, um etwas Fremdes, etwas Anderes, also um etwas Naturgeistähnliches. Vielleicht aber, so dachte der Lechner Toni später, war es doch die berüchtigte brennende Sau, denn im geröteten Gesicht dieses Wesens schimmerte ein speckiger Glanz, von dem der ganze Körper durchzogen zu sein schien.

Das falsche Gebiss

Der Reiterwirt auf der Straße nach Hollersbach war eine Verbindung aus Landwirtschaft, Gasthaus und Metzgerei, die wöchentliche Kartenrunde vom Freitagabend in der Gaststube eine Personalunion aus Bacher Hias, Voithofer Herbert und Podgorski Franz. Es wurde ausschließlich dreiergewattet, da seit dem Tod vom Seitinger Bruno kein entsprechender Ersatz für ein befriedigendes Viererwatten gefunden werden konnte. Der Sperling Fritz hatte zwar einmal versucht, die entstandene Lücke zu schließen, erwies sich jedoch als ein zu großer Pechvogel, den eigentlich keiner gern als Wattpartner mochte. Das Problem löste sich schließlich von selbst, als der Sperling Fritz beschloss, im Leben noch etwas werden zu wollen und ausgerechnet jeden Freitagabend bei irgend einem wichtigen Treffen des Kameradschaftsbundes seine Kameradschaftlichkeit unter Beweis zu stellen hatte.

Es geschah an einem Freitag im April. Der Reiter Hans, Wirt vom Reiterwirt, hatte gerade den ganzen Tag über den Schnee auf seinen Wiesen mit Jauche eingefärbt, die Kartenrunde trumpfte auf wie noch nie, die Kellnerin Annemarie, eine rosige Einfalt aus der Obersteiermark, stellte Biere und Biere und Biere auf den Tisch. Der Podgorski Franz war wie immer der erste, der dem Druck seiner Blase nicht mehr standhielt. „A Blosn wia a Firmling", brummte der Voithofer Herbert auch heute, als der Podgorski Franz vom Tisch aufstand, um sich auf den Weg zu jenem Entlastungsgerinne zu machen, das an der nordöstlichen Seitenwand des Stallgebäudes für die Gäste des Reiterwirts bereit stand. Links davon stank die

Jauchengrube als ein offenes Loch vor sich hin, weil der Reiter Hans heute vergessen hatte, sie mit den daneben hingeworfenen Holzbrettern wieder abzudecken. „Die Gruabn is offen!", schrie im Vorbeigehen der Podgorski Franz, Gemeindesekretär in Mittersill und immer um ordentliche Verhältnisse bemüht. Dabei muss er das Wort „offen" dermaßen kräftig über die Lippen gequetscht haben, dass sein erst vorige Woche eingesetztes und nicht besonders gut sitzendes falsches Gebiss in hohem Bogen aus dem Mund flog, in die Jauchengrube rutschte und an einem zufällig vorstehenden Nagel oben an der Wand der Grube hängen blieb. Die Verrichtung der Notdurft wurde augenblicklich zur Nebensache, die Errettung des Gebisses zu einer Angelegenheit von höchster Dringlichkeit. Um sich ja nicht schmutzig zu machen, hockte sich der Podgorski Franz vorsichtig an den Rand der Grube und versuchte, seine Zahnprothese irgendwie herauszufingern. Die Schwere der getrunkenen Biere zog ihn jedoch augenblicklich zu Boden und ließ ihn kopfüber direkt in die Jauchengrube fallen, während das nur unsicher hängende Gebiss durch die zwar zähflüssige, aber doch kurz aufspritzende Flutwelle vom Nagel rutschte und in der unendlichen Tiefe des dampfenden Schlundes für immer versank. Schluckend, um sich schlagend und zahnlos schrie er um Hilfe: „Im Scheifdreck bin i und kimm nit auffi!"

Nachdem der Reiter Hans den Podgorski Franz mit einem am Traktor befestigten Kälberstrick unter dem Gelächter der zwei anwesenden Dreierwatter wieder an sicheres Land gezogen hatte, sagte die für ihren Geiz rundum bekannte Reiterin leise zur Kellnerin Annemarie: „Hoffentlich hat er nit zu viel Jauchn erwischt. Wär schad drum." Die Annemarie runzelte wissend ihre flache Stirn und dachte gleichzeitig in obersteirischer Geradlinigkeit, dass die Bedenken der Reiterin berechtigt seien, da man ohne Zähne mehr in ein Maul hineinbringe als mit.

Der Podgorski Franz ging, eine eindeutige Spur hinter sich ziehend, triefend, stinkend und ohne Gebiss nach Hause. Er ärgerte sich weder wegen des verlorenen Zahnersatzes, den ihm die Gebietskrankenkassa ohnehin ersetzen würde, noch wegen der offenen Jauchengrube, der Reiter hat sich immerhin bei ihm entschuldigt, sondern vielmehr wegen des Gelächters seiner beiden kartenspielenden Mitwatter, die ihm außerdem an diesem Abend mehr Geld als üblich abgenommen hatten. Nie wieder setzte er einen Fuß in den Reiterwirt, schon gar nicht, um Karten zu spielen. Er wurde Mitglied beim Kameradschaftsbund, wo er nun hinter seinem Ortsgruppenleiter, dem Sperling Fritz, von Freitagabend zu Freitagabend ein Stück an Wichtigkeit hinzugewann. Seinen eindeutigen Geruch hat er ein Leben lang nie mehr zur Gänze abgelegt.

Hacksteiners Mond

Der höchste bewaldete Berg in Mitteleuropa heißt Hahneckkogel, doch jeder sagt Honigkogel zu ihm. Er steht mehr oder weniger an der Grenze zwischen Mitterpinzgau und Unterpinzgau am Ostufer des Zeller Sees, schaut entfernt aus wie der Hahnenkamm in Kitzbühel und hat auf seiner Südflanke einen Fernsehsender.

Zu der Zeit, als man dabei war, auf dem Honigkogel den Fernsehsender zu bauen – schließlich hatte die Übertragung der ersten Mondlandung auch bei den Pinzgauern ein vermehrtes Bedürfnis nach bildschirmtechnischer Information ausgelöst – trat die Hacksteiner Resi aus der Tür ihres Hauses und sagte zu ihrer Nachbarin, die gerade den Weg zum Gartentor vom Schnee freischöpfen wollte: „Normal is des nit, dass es uns Ende März noch so einen Haufen Schnee herschneibt. Seit die auf den Mond auffifliagn, is der Schnee nimmer des, was er einmal war." Die Nachbarin stützte sich mit beiden Fäustlingen auf den Stiel ihrer Schneeschaufel und sagte nur: „Anders ist er wordn, schmieriger und schwerer zum Schöpfen." Dann schöpfte sie weiter.

Da ging das Küchenfenster des Hauses auf, und der Hacksteiner Rupert, Fliesenleger in Niedernsill, fragte ungeduldig, wo denn die Essiggurkerl blieben, die seit Jahrzehnten die Aufgabe hatten, den Geschmack seines Speckbrotes zu verfeinern. Denn ein Feinspitz war der Rupert schon immer, nicht nur bei den Fliesen. Seine Frau Resi hatte doch heute glatt auf diese süßsauren grünen Dinger für das Jausenbrot ihres Mannes vergessen, so sehr war sie mit ihren Gedanken auf dem Mond. Im Hineingehen dachte sie daran, dass sich das Verhältnis der Menschen zum Mond nun ändern werde, dass man sich langfristig auf einen schmierigeren, schwereren Schnee einstellen müsse, dass diese Tatsache sogar an ihrer weltfremden Nachbarin nicht ohne weiteres vorbei gegangen war, dass aber ihr Ehemann der selbe Rupert bleiben würde wie eh und je und dass ihm die Zeichen der Zeit wurscht beziehungsweise speck waren. Ob man das ein Glück für die Hacksteiner Resi nennen konnte, wurde auch beim anschließenden Zuschneiden der Essiggurkerl nicht zur Gänze klar.

Der Heilige

Bei den Passionsspielen in Schüttdorf, die natürlich nie stattgefunden haben, denn wer die Schüttdorfer kennt, weiß, dass sie in kultureller Hinsicht höchstens fähig sind, einen Wettbewerb im Eisstockschießen zu veranstalten, aber nehmen wir einmal an, sie fanden statt, um einen Anfang für diese Geschichte zu haben, bei diesen Passionsspielen also begab es sich, dass der Darsteller des Jesus Christus erkrankte. Daraufhin begann eine intensive Suche mit leider negativem Ergebnis, da sich weit und breit keiner fand, der sich für ein paar Schaulustige aufs Kreuz legen lassen wollte. Die einen hatten Angst, sich zu blamieren, die anderen sagten nur zweisilbig „Koa Zeit!" und widmeten sich wieder ihrer Lieblingsbeschäftigung, dem „Stadschauen", was nicht heißen soll, dass sie in die Stadt hinüber schauten, also nach Zell am See, sondern ganz einfach still vor sich hin und manchmal auf die Seite.

So blieb den Organisatoren der Spiele nichts anderes übrig, als den nicht gerade mit übermäßiger Intelligenz ausgestatteten, dafür aber rein äußerlich dem großen Religionsgründer frappant ähnlich sehenden Schupfer Hias für die Rolle des Jesus einzusetzen. Der war sofort Feuer und Flamme für diese Aufgabe. Man musste zwar den Text des Jesus aus Gründen der besonderen Merkfähigkeit des Schupfer Hias beinahe auf Null reduzieren, seine Körpersprache hingegen war von beispielloser Eindringlichkeit, und wenn er den Blick gegen den Himmel hob, wurden sogar ungläubige Heiden vor lauter Ehrfurcht so etwas wie grenzkatholisch.

Das spürte der Schupfer Hias, ging nach der Uraufführung dieses Spektakels mit noch immer ungesenktem Blick unter frenetischem Applaus von der Bühne, machte sich auf den Weg nach Taxenbach und hatte bereits in Högmoos eine erkleckliche Anzahl begeisterter Jünger hinter sich, die schweigend und mit hoch erhobenem Blick ihrem Vorbild folgten und so ergriffen waren, dass sie nunmehr ihrem Leben als Automechaniker, Filialleiter, Bierführer, Rentner oder Familienvater entsagen wollten.

Der Schupfer Hias wäre wohl der einzige Heilige des Pinzgaus geworden, doch da diese ganze Geschichte ebenso wie das Schüttdorfer Passionsspiel nur frei erfunden ist, müssen sich die Pinzgauer auch weiterhin ihre Heiligen von anderen Völkern ausleihen.

Aufbruch

Zu Winteranfang tat es plötzlich einen bislang unerhörten Schnalzer von einer Lautstärke, die sogar in sich ruhende Schneemenschen für eine Augenblicksminute lang auseinanderzucken ließ. Alles blickte zum Kogel, auf dem der Sessellift seine Haare bergauf kämmte. Der Riss des Tragseils zog sich durch die intakte Landschaft. Nach längerem Staunen stieg man der Sache nach und sah, wie in der Stille der Stühle die leeren Sitzplätze vom gerade anfallenden Schnee begraben wurden. Der moderne Wintertourismus war geboren.

Diese neue Möglichkeit, Berge mit Hilfe von Stühlen zu erklimmen, lockte fortan zähflüssige Fremdenströme in das Innergebirg, ließ landschaftsgetreue Schischulen wie Krokusse aus dem Boden schießen und bescherte der kernigen und schimaterialkundigen Dorfjugend eine Reihe von Arbeitsplätzen, für die sie weder eine umfangreiche Ausbildung noch eine übertriebene Menschenkenntnis benötigte. Naturgegebene Erfahrung reichte völlig. Hinderlich im Umgang mit der neuen Kundschaft waren anfangs lediglich die talein talaus geläufigen Grundsätze einer jahrhundertelang erworbenen Lebensart engliegender Aufzucht. „Nutzts nix, so schadts nix", hieß einer davon, „gredt wird nix" ein anderer. Man verstand sich auch ohne Wörter schon seit Menschengedenken ganz gut.

Auch Bartholomäus Gamsbichler, genannt „Gams Bartl", geborener Innergebirgler und gelernter Schafhirt, konnte sich dem pädagogischen Ruf der Berge nicht entziehen und schaffte die Umstellung von Bergschafen auf Schihaserl mühelos. Am Sessellift, dieser schweigsamsten aller Aufstiegshilfen für Menschen in Plastikhäuten und Fußklötzen, begrüßte er wie immer das Liftbeaufsichtigungspersonal mit Gebell, schwang sich überlegen zurückblickend auf den Klappsitz und kam einmal wie zufällig neben einer gewissen Nancy, Cornflakes-Erbin aus Conneticut, zum vorläufigen Sitzen. Ruhiger Lauf, leises Geknatter an den Stützen, Nancys Oberkörper wippte leicht unter dem geschlossenen Überkopfbügel in die Lüfte des Aufforstungsgebietes hinein. Klare Aussicht auf zwei bis drei Tausender, kristallin verhärteter Atem bei ihm und Schäfchenwolken über Nancys Phantasie. „Gredt wird nix", dieses ungeschriebene Gesetz jedes lederwaschechten Gebirgsbewohners konnte auch vom Gams Bartl nicht so einfach über den Grat geworfen werden, und so würden sie noch immer durch die Stille und Leere einer lächerlichen Sprachbarriere rattern, wenn mit der Geburt des modernen Wintertourismus nicht auch das Jahrhundert der mehrgeschlechtlichen Schneebretter angebrochen wäre. In Bartls Innenleben flossen zarte Frühlingsbäche kreuzweise ineinander, versammelten sich zu einem reißenden Sturzbach, der, Geröll mitschleifend, die für ewig gebauten Steinbrücken mit einem Ruck wegzureißen vermochte und aus dem kargen, verkarsteten Gebirgler eine kleine Legföhre in die Winterkristalle sprießen ließ. Er presste seine Gletscherlippen an Nancys Cornflakes. Sie, nicht überrascht, das Gerücht vom initiativen Innergebirgler bestätigt zu fühlen, drückte ihn ruckartig an ihre Maisplantage und streifte dabei mehr zufällig als mit überseeischer Gefallsucht seine soeben im Verborgenen erblühte Legföhre. Ein Aufschrei ihres Erstaunens durchschnitt global die eisige Luft: „Great, oh great!" Bartls Leidenschaft überschlug sich prompt in tiefgreifende Enttäuschung. So hatte er sich seine erste Annäherung an fremde Welten nicht vorgestellt, und kaltblütig dachte er bei sich, indem er die Ineinanderverschlingung internationaler Anorakarme langsam löste: „Gredt wird nix".

Aber Nancy ließ nicht locker. Nachdem sie den Gams Bartl noch am selben Tag beim Fünfuhrtee wiedergefunden hatte, strengte sie alle zur Verfügung stehenden Verführungskünste dahingehend an, diesen kernigen Burschen in ihr Fremdenzimmer der unweit gelegenen Pension Alpenrose zu verfrachten. Es gelang. Und Nancy hatte ein folkloristisches, der Gams Bartl freilich ein Urerlebnis, kam es doch zum ersten Mal in seinem Leben zum Letzten.

Noch lange wurde an den Stammtischen gerätselt, wie Nancy es schaffte, den scheuen, wortkargen Bartl so weit zu kriegen. Man führte es schlussendlich auf ihre Herkunft aus dem Land der unbegrenzten Möglichkeiten zurück. Fest steht, dass Bartholomäus Gamsbichler seither von einer unstillbaren Lust auf Cornflakes mit Milch befallen ist. Er hat nie geheiratet.

Oberpinzgau

Die Pinzgauer waren schon seit jeher sehr stolz auf ihren heimatlichen Gau und gaben fast jedem Ort eine außergewöhnliche Bezeichnung. Die Bewohner von Zell am See sind die getreuen Knechte des Heiligen Rupert, sie haben als Hauptort des Pinzgaus während der Bauernkriege ihrem Landesherrn, dem Salzburger Erzbischof, die Treue gehalten. Noch heute gelten sie bei den anderen Gemeinden als überheblich bis großkopfig, was sich nicht rein auf diesen historischen Tatbestand, sondern prinzipiell auf eine den Zellern ureigene Mentalität zurückführen lässt. Diese Eigenheit veranlasste schon Anfang des zwanzigsten Jahrhunderts den Zeller Bürger, Schustermeister und Liedermacher Karl Bader, seine Mitbürger im Gegensatz zu den anderen Pinzgauern als blutleer zu bezeichnen: „Es is im ganzen Zell am See koa Tropfen Pinzga Bluat" ist der Refrain seines bekanntesten Liedes. Bader wanderte später nach Schwarzach im Pongau aus.

Das Dorf Dienten beziehungsweise Deanten, von dem keiner genau weiß, was dieser Name eigentlich bedeutet, heißt die Eisenstadt, weniger wegen der burgenländischen Denkmuster seiner Bewohner, sondern weil Dienten bei den Kelten als Eisenschmelzplatz genutzt war. Heute schmilzt dort höchstens noch der Schnee, aber auch der nicht immer dann, wenn er soll. Stuhlfelden sagt man, ist sich selber gleich und Mittersill gar ein Königreich. Dieses sogenannte Königreich des Oberpinzgaus war jedoch bis über das Ende des neunzehnten Jahrhunderts hinaus als das kleine Venedig verschrien, es lag ähnlich wie das große inmitten von Pfützen und Sümpfen, die einen nicht immer angenehmen Geruch verbreiteten und in der Hauptsache von Fröschen bewohnt wurden. Die Fäulnis des Bodens erstreckte sich die Salzach entlang über Stuhlfelden, Uttendorf und Niedernsill sogar bis nach Kaprun hinüber. Und wenn die Kapruner heute sagen, sie wären schon immer sauberer gewesen als der Rest des Oberpinzgaus, so seien sie in aller Sachlichkeit an die Herkunft ihres Ortsnamens erinnert. Kaprun kommt bekanntlich von Kotbrunnen.

In der Zwischenzeit hat sich durch den unermüdlichen Einsatz der Innergebirgler im Oberpinzgau doch einiges verändert, die Flussarme der Salzach wurden reguliert, die Sümpfe weitgehend trockengelegt. Ein kürzlich in Uttendorf errichteter Badeteich soll mahnend an die ehemalige Feuchtigkeit der Gegend erinnern. Einzig die Landschaft bei Stuhlfelden erstrahlt stellenweise noch im alten sumpfigen Glanz, kein Wunder, denn Stuhlfelden ist sich ja, wie bereits erwähnt, selber gleich.

Verfolgt man ab Mittersill die Salzach flussaufwärts, gelangt man unweigerlich nach Bramberg, das schon immer als das Maß aller Dinge gegolten hat. Kamen in Kaprun im Verhältnis zur Einwohnerzahl österreichweit die meisten unehelichen Kinder zur Welt, so war Bramberg Spitzenreiter bei den Vorstrafen. Eine erstaunlich hohe Anzahl der Einwohner ist im Lauf der Zeit in irgendeiner Form mit dem Gesetz in Konflikt geraten. Doch wie so vieles im Innergebirg hat sich auch diese Spitze bis zum heutigen Tag zu Gunsten einer allgemeinen europäischen Verflachung ausgeglichen.

Der Name Bramberg hat übrigens nichts mit Brombeeren zu tun, da Brombeeren im Pinzgau Kratzbeeren heißen, sondern lässt sich, glaubt man dem Salzburger Ortsnamenbuch, vom Personennamen Brando herleiten, was vielleicht die kriminelle Energie des Dorfes weitläufig erklären mag, gilt doch ein gewisser Marlon Brando weltweit als begnadeter Charakterdarsteller von Schlitzohren aller Kategorien. Die wahre Wurzel für die besonders ausgeprägte rebellische Gesinnung der Bramberger könnte jedoch in einer historischen Tatsache liegen.

Im Jahre 1525 wurde auf Anordnung des Salzburger Erzbischofs Matthäus Lang der wegen lutherischer Predigten als Ketzer verurteilte Tiroler Priester Eustachius von Heiterwang von Salzburg nach Mittersill überstellt, wo er im Faulturm des Schlosses eine lebenslange Kerkerstrafe antreten sollte. Auf dem Weg dorthin kehrten die erzbischöflichen Gerichtsdiener in einem Gasthaus in St. Leonhard ein. Den Verurteilten ließen sie, auf ein Pferd gefesselt, vor dem Haus. Der begann daraufhin fürchterlich zu klagen und rief die Vorübergehenden um Hilfe an. Ein paar Burschen hatten Mitleid mit dem Tiroler Priester, befreiten ihn, verprügelten die hinzugekommenen erzbischöflichen Knechte und jagten sie davon. Der Rädelsführer dieser Befreiungsaktion war der Bramberger Bauernsohn Hans Stöckl, der zufällig im benachbarten Schellenberg als Salzführer arbeitete. Er wurde gefangengenommen, auf die Festung Hohensalzburg gebracht und wenige Tage später ohne reguläres Gerichtsverfahren auf der Peterswiese im Nonntal enthauptet. Diese Hinrichtung hatte einen von Bramberg ausgehenden Aufstand der Bevölkerung des

Innergebirgs zur Folge und führte zum großen Salzburger Bauernkrieg der Jahre 1525 und 1526. Der Bruder des Hingerichteten, Matthäus Stöckl, marschierte am 6. Juli 1525 als Anführer eines Rebellenhaufens in der Stadt Salzburg ein und ließ an den Haustüren Zettel annageln: „Dis haus ist mein, bis der unschuldige todt meines brueders gerochen wirdt." Nach großen Erfolgen mussten die Aufständischen schließlich vor der Übermacht eines vom Erzbischof zu Hilfe gerufenen bayrischen Heeres ihren Widerstand aufgeben.

Sputnik

Ein paar Jahre, nachdem der sowjetische Kosmonaut Juri Gagarin nach einer Reihe von Vorversuchen mit Tieren die erste bemannte Erdumkreisung geschafft hatte, suchte ein Wanderzirkus mit dem bezeichnenden Namen „Sputnik" das Innergebirg heim und reiste dort von Einzugsgebiet zu Einzugsgebiet, das heißt, er kam nicht viel herum. Der Zirkus war auch in jener Gegend zu Gast, wo sich heute die zentrale Tierkörperverwertung des Pinzgaus in direkter Nachbarschaft zu einer als technisches Wunderwerk gepriesenen Kläranlage befindet, und hatte neben dem üblichen Dompteur-, Dressur- und Artistenprogramm auch etwas mitgebracht, das „Tier- und Völkerschau" genannt wurde. So stand es jedenfalls auf dem Schild über dem Eingang zu einem Zelt, das neben dem eigentlichen Zirkuszelt wie sein kleinerer Bruder in die föhnige Luft ragte.

Die Fernsebner Heidi, Sekretärin in einer Spedition und Freundin des Außerbichler Hermann, freute sich schon seit Tagen auf den Zirkusbesuch. Sie soll einmal zu einer Arbeitskollegin gesagt haben: „Wenn mein Platz nicht an der Seite des Hermann wäre, würde ich Äffin werden wollen in einem Zirkus. Oder wie heißen diese Leute, die immer auf solchen Trapezen herumturnen?" So sehr war sie von dieser Kunstform angetan. Aber heiraten wollte sie den Hermann noch nicht, um sich die Tür zu einer eventuell möglichen Zirkuskarriere nicht vollends zu verschließen. Man weiß ja nie, was wird im Leben. Und ein Leben kann lang sein. Ein Psychologe, im Innergebirg auch kurz Umgeher genannt, weil er immer behauptet, man müsse mit den Problemen umgehen, würde die Liebe Heidis zum Äffischen mit einer besonderen frühkindlichen Affinität zu irgendwas erklären, was ohnehin wieder keiner versteht.

An einem Sonntag Nachmittag war es dann soweit. Der Hermann führte seine Heidi in den Zirkus. Mit Zuckerwatte und Popcorn eingedeckt, saßen die beiden in der ersten Reihe, wo sie offenen Mundes das Treiben in der Arena und unter der Zirkuszeltkuppel fasziniert beobachteten. Nach dem ergreifenden Programm ging es dann in jenes Zelt hinüber, das als „Tier- und Völkerschau" um das Eintrittsgeld der Besucher warb. Denn der Hermann wollte seiner Heidi heute alles bieten. Da standen zwischen Affen, Bären und Auerochsen verschiedene Vertreter von gelben, roten und schwarzen Völkern in ihren typischen gelben, roten und schwarzen Trachten, teils mit bunten Federn auf dem Kopf. Auch ein Eskimo war unter ihnen. Der hatte eine Tafel umgehängt, auf der stand schlicht „Lappe". Die Hauptattraktion dieser Schau aber war ein Russe im weißen Raumanzug mitsamt einer dazugehörigen Raumkapsel. Der Hermann dachte sich, dass auch seine Großtante Maridl ganz gut hierher passen würde, war sie doch mit dem größten Kropf ausgestattet, der je das Innergebirg erblickt hatte, also mindestens ebenso exotisch wie die hier anwesenden Fremden. Doch Vertreter der innergebirglerischen Völker fehlten natürlich gänzlich in dieser Schau, denn die konnten sich ohnehin jahraus jahrein im eigenen Spiegel betrachten und würden für ihresgleichen wohl ungern auch noch Eintritt bezahlen.

Nach ausgiebiger Inspizierung des Russen blieben die beiden auch vor einem finster dreinblickenden Schwarzafrikaner länger als üblich stehen. „A so a schiacher schwoschzer Fack!", rutschte es dem Hermann in einem ersten Erstaunen heraus. Der Schwarze richtete sich auf: „Halt die Pappn, Gscherter, sonst hau i di aus der Panier."

Alles durfte man zum Außerbichler Hermann sagen, nur nicht „Gscherter". Besonders dann nicht, wenn die Heidi dabei war. Nicht umsonst war er schon zweimal hintereinander Hagmoar beim jährlich am Jakobitag stattfindenden Ranggeln auf dem Hundstein gewesen, also derjenige, der alle anderen Mitranggler zu Boden gerungen hatte und am Schluss als Sieger übrigblieb. Nun galt es, die im Wettkampf erprobte Stärke auch im richtigen Leben anzuwenden.

Als der Schwarze den Hermann mit einem „Schleich di, Depperter!" auf Distanz halten wollte, klemmte der Hermann kurzerhand dessen afrikanischen Schädel zwischen die Ober- und Unterarme, wodurch vom Gesicht so etwas wie eine schwarze Farbe abzublättern begann. Den neugierig herbeigeeilten Tier- und Völkerschaubesuchern wurde genauso wie dem Hermann mit einem Male klar, dass es sich bei diesem Schwarzen um nichts anderes als um einen auf Neger hergerichteten, der Sprache nach eindeutig als Wiener ausgewiesenen Betrüger handeln musste. Nun wollte man es genau wissen. Unter der Führung des Hermann und der Heidi gingen die immer zahlreicheren Schaulustigen von einem ausgestellten Völkervertreter zum anderen, warfen sie aus ihren Kostümen, rissen ihnen die Federn aus und entfernten die Farbe von ihren Gesichtern, bis sie ebenso bleich dastanden wie der russische Astronaut in seinem weißen Raumanzug, der sich ängstlich in seiner Raumkapsel verkroch, ein hundsordinärer Pappkarton, wie sich jetzt nach der Behandlung durch den Hermann herausstellte. Die Vielvölker selbst entpuppten sich als ganz gewöhnliche Mitarbeiter des Zirkus, Kartenabreißer, Stallburschen oder Würstchenverkäufer aus der Pause, allesamt Wiener, die, nun von ihrem exotischen Anstrich befreit, zusammengeschlagen wie ein Häufchen Elend zwischen den Affen, Bären und Auerochsen im Zelt lagen.

Nach getaner Arbeit bedankte sich der Hermann bei seinen Mithelfern für die große Tat, rieb sich die Rangglerhände und sagte zur Heidi: „Pflanzen können die an Papst Locherl, aber nit uns."

Jedenfalls war die Heidi mächtig stolz auf ihren Hermann, der gerade eine der hinterhältigsten Betrügereien im ganzen Innergebirg aufgedeckt hatte. Im nahen Gasthof Salzachbrücke feierte man ausgiebig bei Bieren und Schnäpsen und ließ den Hermann als eigentliche Attraktion der Tier- und Völkerschau hochleben. Die Heidi wollte daraufhin nie mehr zum Zirkus und hat den Hermann noch im selben Jahr geheiratet.

Lungauer Geschichte

Wenn es den Pongau nicht gäbe, würde der Pinzgau östlich an den Lungau grenzen, doch so tut er es nicht annähernd. Auch der Lungau ist wie der Pongau vom Wesen her ein Innergebirg, aber keines, bei dem ich mich so auskenne wie in meiner einheimischen Pinzgauer Westentasche. Die folgende Geschichte hat sich leider nicht im Pinzgau ereignet, sondern im Lungau, wo sie mir von Frau Ferner, einer Lungauerin aus Überzeugung, erzählt worden ist. Ich könnte die Geschichte jetzt natürlich ohne mit der Wimper zu zucken in den Pinzgau hinübertragen, möchte das aber der Frau Ferner gegenüber nicht verantworten. Denn wie ich sie kenne, würde sie mich gewiss irgendwann diesbezüglich zur Rede stellen. Außerdem schmücke ich mich nicht gern mit fremden Federn, wenn es nicht unbedingt sein muss.

Die Führungen auf Schloss Moosham wurden von einer beliebten, beleibten und geschwätzigen Frau namens Rosl durchgeführt. Es gab weit und breit keine idealere Person für diese Tätigkeit, nahm sie doch ihre Arbeit nicht nur ernst, sondern verrichtete sie auch mit einer besonderen Hingebung an Geschichte, Baukunst und Besonderheiten des Schlosses Moosham. Wenn sie einmal das Gefühl hatte, ein Besucher folge ihren Ausführungen nicht mit der nötigen Inbrunst, warf sie ihm kurz den energischen Blick einer Oberlehrerin zu und war sogleich wieder bei der Sache. Am liebsten erklärte sie, was es mit dem in der Jagdstube des Schlosses ausgestellten Wolperdinger beziehungsweise Raurackl, einem Mischling aus Pelztier und Vogel, auf sich hatte, nämlich nichts. Trotzdem war dieses seltsame Tier der Star der Führungen, neben der Rosl natürlich, bei der man sich immer mit einem angemessenen Trinkgeld bedankte. Dieses Trinkgeld wurde alltäglich nach getaner Arbeit an der Bar der Schlosstaverne in einige Viertel Wein umgewandelt.

Eines Abends, die Rosl bestellte sich gerade das dritte Viertel, kam sie mit einem Fremden ins Gespräch, einem durchziehenden Scherenschleifer, Sauschneider oder sonstigen Geschäftsmann, dessen großstädtisch wirkendes Äußeres ihr außerordentlich gut gefiel und dessen Schlagfertigkeit der ihrigen um nichts nachstand. Auch er schien einen Narren an der dicken Rosl gefressen zu haben. Die beiden hatten viel miteinander zu reden, zu trinken und zu lachen.

Als sie schließlich die Taverne mit Schlagseite verließen, war jeder der beiden froh, im anderen einen Partner zu haben, der den schweren Gang einigermaßen unterstützte. Unterwegs gelang es dem Fremden, die Rosl, die von den Absichten der Männer bisher verschont geblieben war und diesbezüglich nicht die leiseste Ahnung hatte, in einen Heustadl zu führen, um dort, wie er sich ausdrückte, ordentlich die Sau rauszulassen. Schließlich war er Scherenschleifer, Sauschneider oder sonstiger Geschäftsmann. Die Rosl lachte nur, dachte wie zufällig an eine Mischung aus Pelztier und Vogel und hatte nichts gegen all das, was da kam. Tags darauf ging der fremde Mann wieder seiner Wege, und die Rosl führte wie immer ihre Besucher durch das Schloss. Heute schienen ihr die Ausführungen über die Mooshamer Geschicke besonders leicht von den Lippen zu gehen.

Nach einigen Monaten klagte die Rosl über Schmerzen in der Leistengegend, später über ein Ziehen und schließlich über ein ziemliches Rumoren im Bauch. „Das ist der Blinddarm", sagte sie, „und der meine ist anscheinend ein besonderes Luder, weil er sich gar so aufführt". Sie ging nicht zum Arzt, erstens weil das Innergebirgler nur selten für nötig erachten, zweitens, weil sie spürte, ihren Blinddarm bald wieder von selbst los zu werden, drittens weil es in der Hochsaison Wichtigeres gab als Bauchgrimmen. Und auf Grund ihres ohnehin schon vorhandenen beträchtlichen Körpervolumens fiel niemandem auf, dass die Rosl schwanger war. Sie brachte schließlich einen Knaben zur Welt und nannte ihn Johann. Er aber war Zeit seines Lebens im ganzen Lungau nur als der „Blinddarm Hans" bekannt. Da es ihn ebenso wie seine Mutter nicht kümmerte, was die anderen redeten, nahm er seinen Namen zunächst als Selbstverständlichkeit hin. Später aber, er war schon erwachsen, berufstätig und im heiratsfähigen Alter, ärgerte er sich doch manchmal darüber, nicht wie andere nur einfach Hans oder Johann zu heißen, sondern immer dieses sonderbare „Blinddarm" vor sich herschleppen zu müssen.

Der Blinddarm Hans hätte ja zum Beispiel über den Tauern und durch die Kitzlochenge in den Pinzgau emigrieren und ein ganz neues Leben als Hans anfangen können. So weit wäre ihm sein seltsamer Name sicher nicht nachgefolgt. Aber Derartiges kommt für einen waschechten Lungauer, wenn überhaupt, nur in extremen Ausnahmesituationen in Frage. Denn Innergebirg ist nicht gleich Innergebirg, besonders für einen Innergebirgler.

Apollonia Daxer

„Je höher der Kirchturm, um so schöner die Dirndln." Wenn diese Volksweisheit stimmt, müsste Maria Alm, dessen Kirchturm sogar höher sein darf als die Türme des Salzburger Doms, die allerschönsten Mädchen haben. Apollonia Daxer war eine davon, nur stammte sie nicht aus Maria Alm, sondern aus Hinterthal.

Ich kann euch von Apollonia Daxer natürlich nur das erzählen, was ich weiß. Und was weiß ich denn schon? Sie hieß, keiner weiß warum, Apollonia und war schön. Mit Apfelbusen, Pfirsichhaut und einer Birne, die ihresgleichen suchte (sie fand es nie), fiel sie an einem sonnigen Herbsttag wie Fallobst aus Hinterthal in das weiter unten gelegene Saalfelden, um im Gasthof Hindenburg als Kellnerin ihr Leben zu verdienen, schlecht bezahlt, versteht sich, dafür aber hart und herzlich.

Sie sorgte für ziemliche Aufregung bei der männlichen Bevölkerung, und das Hindenburg hatte einen Zustrom wie selten. Ich weiß das, denn ich war inmitten dieses Zustroms. Man kann sich das kollektive Balzen und Schmähführen in der Gaststube lebhaft vorstellen. Sie jedoch zeigte allen die kalte Schulter, blieb mehr als einsilbig und trug auftragsgemäß jede Menge Biere, Leberknödelsuppen, Schnitzel, Schweinsbraten oder Preiselbeerpalatschinken auf, Palatschinken, die noch heute mit mir auf Cholesterinkurs gehen, sobald ich daran denke. Und weil der Innergebirgler schon immer einen ausgeprägten Hang zum Vereinfachen von Personennamen hatte, nannte man Apollonia von Anfang an der Kürze halber einfach „Plonl".

Eines Tages war sie weg. Das weiß ich noch. Mehr nicht. Der Flatscher Christian, ein aus Kärnten stammender Fassadengebirgler, Junggeselle, Professor an der Bundeserziehungsanstalt und somit vielgereister Mann, erzählte Jahre später im Hindenburg, er habe aus gut informierter Quelle erfahren, dass Plonl Daxer am anderen Ende der Welt irgendwo in der Nähe der Pitcairn Inseln mit dem aus Hindenburgtagen mühsam Ersparten eine Art Gasthaus mit dem Namen „Apollonias Pub" eröffnet habe, wohlhabend und glücklich geworden sei und schaurige Geschichten über unsere innergebirglerische männliche Bevölkerung erzähle. Aber dem siebengescheiten Flatscher Christian hat man sowieso noch nie etwas geglaubt, auch wenn er Professor an der Bundeserziehungsanstalt ist.

Fast ein Schwung

„Beim Schweizerhof sand ein Schwung Schwedinnen abgstiegn. Die müsste man niederreiten", sagte der Ebner Karl nach der dritten Halben Bier zum Niederreiter Sigi. „Nomen est omen" hätte der Niederreiter daraufhin gesagt, wenn ihm das Latein ein Begriff gewesen wäre. So aber grinste er bloß blöd wie immer, wenn vom weiblichen Geschlecht die Rede war.

Die beiden Einheimischen zogen ihre Hosen ein wenig hinauf und ihre Bäuche ein wenig hinein, dann machten sie sich auf den Weg. Als ihnen unterwegs auch noch der Schaubensteiner Harald, der, wie er sich brüstete, ein Experte auf dem Gebiet des Niederreitens von Schwedinnen aller Nationen war, über den Weg lief, fühlte man sich ebenso wichtig wie Karl Schranz, der soeben bei den Olympischen Spielen in Sapporo von den Mächtigen dieser Welt um einen großen Sieg betrogen worden war.

Der Vorschlag des Ebner Karl, an der Bar des Hirschenwirts noch schnell ein paar Halbe zu zischen, um vielleicht noch einige Einzelheiten der gemeinsamen Aktion zu besprechen und dann um so zielstrebiger den Schweizerhof aufsuchen zu können, wurde von den beiden anderen gern angenommen. Als sie gegen zwei Uhr früh den Hirschenwirt stockbesoffen verließen, man musste dort auch noch mit dem Eisenbahner Hias über die politischen Zustände in Lenzing diskutieren, sagte der Ebner Karl: „Wenn ich nicht so gsoffen hätt, würd ich ja jetzt ungschaut mindestens einen Schwung Schwedinnen niederreiten, aber so." Dem wollten die zwei anderen beipflichten, waren jedoch nicht mehr in der Lage dazu, da sie von den Auswirkungen der gezischten Biere doch ordentlich niedergeritten wurden.

Schildermaler unter sich

Als nach dem traditionell gefürchteten Standort Saalfelden, der Begriff „Bundeserziehungsanstalt" soll hier für sich sprechen, auch die Bezirkshauptstadt Zell am See endlich ein Gymnasium bekam, wurde das alte Finanzamtsgebäude zu einer Schule umfunktioniert. Die Volksschullehrer der vierten Klassen hatten nun die Aufgabe, das neue Gymnasium mit Schülern zu füllen und geeignetes Material dafür vorzuschlagen. Mancher verfolgte seine Aufgabe mit bestechender Zielstrebigkeit akribisch genau. Immerhin wünschte man sich schon lange ein größeres Auto, denn immer nur Puch fünfhundert war auch nicht gerade die Welt. So wurden einige Schüler auf Grund der Einflussnahme ihrer Eltern, andere auf Grund ihrer Intelligenz ausgesucht. Zu den intelligenzmäßig Auserwählten gehörte auch der Wimmer Franz, Sohn eines Schildermalermeisters in Kaprun. Sein Vater, Verfasser so berühmt gewordener Hinweistafeln wie „Wer seinen Hund frei herumlaufen lässt, wird erschossen, der Hund" meinte dazu nur: „Mein Bua soll einmal den Betrieb übernehmen und was Gscheits lernen. Zu wos braucht der ein Gymnasium?" Dann schickte er den Buben in die Hauptschule, die er bereits kannte und von der nichts Unvorhergesehenes zu erwarten war.

Vom Wimmer Franz hat man danach nicht mehr viel gehört, außer einmal, als er an der zum Teil vereisten Schipiste des Maiskogels ein Schild anbrachte, auf dem stand: „Piste teilweise verreist". Wohin wäre diese Piste wohl gereist, wenn der Wimmer Franz damals das Gymnasium besucht hätte?

Liebe Schützen!

Fritz Untersberger wollte schon immer hoch hinaus. Nachdem er sich im Kirchenchor, bei der Feuerwehr und als Kassier der Brauchtumsgruppe „D'Anglöckler" einen Namen gemacht hatte, beglückte er auch den örtlichen Schützenverein mit seiner Präsenz und brachte es dort sehr bald zum langjährigen Obmann. Seine Reden waren in ganz Innergebirg berühmt.

Liebe Schützen!
Ich möchte die Gelegenheit nützen und begrüße in meiner Funktion als Obmann der örtlichen Schützen alle anwesenden Mander inklusive Weiber und natürlich auch die restlichen Schöpfungen der Natur, insbesondere aber unseren Ehrengast, den Herrn Brauchtumslandesrat mit seiner Gattin sowie die sonstige Abstinenz, Prominenz meine ich natürlich. Da ich immer wieder ein paar zu begrüßen vergess, werde ich ein Bergsteiger sein, der auf einen Gipfel hinaufsteigt und von oben unübersehbare andere Gipfeln sieht. Deshalb, meine sehr verehrten Damen und Herren, sage ich zu Ihnen der Einfachheit halber ganz unter uns: Liebes Gebirge!

Wie die Schale für das Ei, so steht der Schütze für seine Heimat und hält dafür seinen Schädel in Form von einer schützenden Eierschale hin. In diesem Sinne hatten wir im vergangenen Jahr eine erkleckliche Anzahl von Gesamtausrückungen zu verzeichnen, allesamt von unserem Landesschützenhauptmann persönlich betreut. Nicht zuletzt wegen seines körperlichen Einsatzes, von seinem physischen Einsatz ganz zu schweigen, um einen modernen Ausdruck zu verwenden, wird ihm heute eine besondere Ehrung zuteil: Das goldene Schweinsmedaillon mit Eichenlaub.

Schütze sein, liebes Gebirge, bedeutet eine Aufgabe für Vergangenheit, Gegenwart und Zukunft. Ich möchte kurz erläutern, was für einen Schützen die genaue Zukunft sein könnte. Der Schütze muss endlich lernen, ebenso wie seinen Stutzen alle seine Angelegenheiten selbst in die Hand zu nehmen. Denn wohin ginge der Lauf des Militärs, wenn wir Schützen nicht wie ein Mann seinen Kolben hielten und als Schirmherr Obacht gäben, dass es unsere Heimat durch die Ozonlöcher nicht anregnet? Denn die Ozonlöcher, liebes Gebirge, sind heute ein dermaßiges Problem, dass man sich gar nicht mehr so recht anzumaßen traut, in aller Gemütlichkeit einen fahren zu lassen. Das muss auch einmal gesagt werden! Obwohl ja bei einem einheimischen Schützen die Lederhose schon eine gewisse Katalysatorenfunktion innehat.

Ähnlich wie die Feuerwehren, die nicht nur schützen, sondern auch spritzen, haben auch wir zweierlei Aufgaben: schützen und nützen. Was ist nun das Nützen eines Schützen? Eine berechtigte Frage, die wir dabei bewendet belassen. Denn wir Schützen, liebes Gebirge, verstehen uns, um einen modernen amerikanischen Ausdruck zu verwenden, als die „Spermen der Heimat", ich meine natürlich die „Supermen der Heimat". Denn die Heimat ist ein rohes Ei, wenn seine Schale springt, springen auch Dotter und Eiweiß, dann kann eine Feindesvermehrung nicht mehr gestoppt werden, und das Cholesterin lacht sich ins Fäustchen.

In diesem Sinne also: Feuer frei!

Außersprachlich

Was sonstwo als „Tratsch" oder allgemein als „Unterhaltung" bezeichnet wird, nennt man im Pinzgau gern „Hoagascht". Der Begriff ist eine liebenswerte Verschönerung des deutschen Wortes „Heimgarten", der sich noch heute vor vielen Häusern der Innergebirgler befindet und durch einen Zaun vom Heimgarten des Nachbarn beziehungsweise von der vorbeiführenden Straße getrennt ist. In diesen Heimgärten traf man sich also, um den einen oder anderen Hoagascht zu führen, heute weit weniger als früher, hat doch die Bevölkerung durch das Fernsehen eine zwar einseitige, aber weltoffenere Unterhaltungsmöglichkeit erfahren als durch die zwar mehrseitige, jedoch beschränktere inmitten des Heimgartenzauns.

Meine Großmutter, die als junges Mädchen in den zwanziger Jahren aus Erpfendorf in den Pinzgau eingewandert war, wurde trotz ihrer tirolerischen Herkunft eine der berühmtesten Hoagaschterinnen weit und breit. Mit der Hauser Anna und der Gschaider Marianne entwickelte sie oft lange philosophische Betrachtungen über Gott und die Welt von einem Heimgarten zum anderen. Weisheiten wie „Es is nit oanfach, wenn man's doppelt nimmt" oder „Reich werden is koa Kunst, nur die armen Leut dürfen dir nit erbarmen" begleiten mich noch heute durch das Leben. Und wenn ich mich über die Unterhaltungen der drei Damen lustig machte, weil ich zum Beispiel zur Standardäußerung der Gschaiderin „Wia der Herr so's Gscherr" einmal hinzufügte „Wia die Frau so's Gschau", blickte sie mich strafend an und meinte: „Nit frech werdn, Bua! Weil ein Rucksack voll Ohrwaschln is bald brockt."

Als sich dann deutsche Touristen auch in die Frühstückspension meiner Großmutter verirrten, erweiterte sie ihre hoagaschtlichen Anliegen natürlich als willkommene Abwechslung sofort auf die fremden Gäste, nachdem sie bereits ihre angrenzende Tiroler Heimat mit dieser Pinzgauer Besonderheit vertraut gemacht hatte. Das Problem mit den Deutschen bestand nicht darin, Gesprächsstoff zu finden, sie hatte ja mit der Gschaiderin und der Hauserin jahrelang danach gesucht, sondern darin, den Stoff aus dem Pinzgauer Dialekt ins Hochdeutsche hinüberzubringen. So fragte meine Großmutter einmal zwei eher beleibte Gäste, wie sie es wohl schafften, in ihr kleines Auto „hineinzuschliefen", wobei sie aus dem dialektalen „einischliafn" übersetzte und „hineinschlüpfen" meinte. Der dicke Deutsche und seine ebensolche Frau verstanden zum Glück nur etwas von „schlafen" und meinten, sie schliefen hier um vieles besser als zu Hause.

Das Pinzgauer Wort „häi", also eisig, übersetzte sie gern mit „heil". Ein Wintersportler, dem sie die Warnung „Aufpassen, heil heute!" auf den Weg mitgab, fühlte sich dabei an seine deutsche Vergangenheit erinnert und war gänzlich der Meinung meiner Großmutter, dass man bei einem „Heil" sehr leicht ausrutschen könne.

Ein sehr beliebter Hoagaschteinstieg mit den deutschen Urlaubern war unter anderem die Frage, ob auf ihren täglichen Wanderwegen nicht viele „Steiner" herumlägen. Meine Großmutter meinte natürlich „Steine", die sie behutsam aus dem ihr geläufigen Wort „Stoana" in die deutsche Hochsprache hinübertrug. Das war nicht sonderlich abwegig und konnte sogar nördlich des Weißwurstäquators ganz gut verstanden werden, wodurch ein erheblicher Hoagaschterfolg gewährleistet war. Mit Unverständnis reagierte einmal eine Frau aus dem Ruhrgebiet auf den Rat meiner Großmutter, sie solle sich doch heute eine warme Jacke „anziegen". Gemeint war natürlich „anziehen", das aus dem innergebirglerischen „anziagn" logisch konsequent mit „anziegen" übersetzt wurde. Die Frau aus dem Ruhrgebiet fühlte sich jedoch von meiner Großmutter als „Ziege" angesprochen, schrie, dass sie sich das nicht gefallen lassen müsse, brach ihren Urlaub sofort ab und kehrte nie wieder in den Pinzgau zurück.

Kommunismus

Die Familie saß gerade schweigend beim Abendessen, als die Nachrichten im Fernsehen einen Bericht über den soeben in voller Wucht ausgebrochenen Aufstand der Studenten im Pariser Mai des Jahres 1968 brachten. In irgend einem Zusammenhang fiel dabei auch das Wort „Kommunist". „Wos is a Kommunist?", fragte die kleine Liesi in die Runde und bekam keine Antwort. „Wos a Kommunist is, möcht i wissen!", wurde sie lästig. Der Vater blickte seine Tochter streng an, die Mutter ging in den Keller, um für ihren Mann ein weiteres Bier zu holen. Liesi gab nicht auf: „Papa, wos is a Kommunist?" „A Ruah will i haben bei die Nachrichten!", schrie der Vater und versetzte seiner Tochter eine schallende Ohrfeige.

Die lernfähige, weil noch sehr junge Liesi wusste nun für alle Zeit, dass Kommunismus Schmerzen verursachte. Jahre später begann sie eine Verkäuferinnenlehre in einer Gemischtwarenhandlung, heiratete als Erwachsene den Juniorchef des Geschäftes, trat mit ihm gemeinsam der Österreichischen Volkspartei bei und wurde sogar kurzzeitig Obfrau des Verschönerungsvereins ihrer Heimatgemeinde, stets auf das Gemeinwohl bedacht. Fragen zu stellen hatte sie sich naturgemäß schon lange abgewöhnt.

Der Golfplatz

Zuerst gab es die Eisstockbahnen, dann kamen die Kegelbahnen, später die Tennisplätze und schließlich die Golfplätze.

Und als auch im Innergebirg auf dem einzigen dort einigermaßen größeren ebenen Fleck so etwas wie ein Golfplatz kurz vor der Fertigstellung stand, besprachen die zuständigen Ortsoberen und als solche automatisch Zwangsmitglieder des neu gegründeten Golfclubs, wie denn nun die feierliche Einweihung der Anlage vor sich gehen sollte. Zusätzlich zu den üblichen Festreden und der bei solchen Anlässen immer aufspielenden Blasmusik sollte etwas ganz Besonderes, den Golfern Eigenes, geboten werden.

So kam man überein, den durch die Darstellung von kaltblütigen Geheimagenten international bekannt gewordenen Filmschauspieler Nigel Mac Nagg für das Innergebirg zu gewinnen. Da er sich darüber hinaus in einschlägigen Kreisen als passionierter Golfspieler einen Namen gemacht hatte, schien er für eine solche Veranstaltung wie die Faust aufs Auge zu passen. Außerdem war Mac Nagg in seinen Filmen immer von schönen Damen umschwärmt, wodurch das an den Haaren herbeigezogene üble Gerücht, Golfen mache impotent, in einem Aufwaschen entkräftet werden könnte. Und wenn dann der Moosbacher Sepp, ein Querdenker, Tierschützer und überhaupt Grüner hinter den Ohren wieder einmal herumbrüllt „Spielen Sie Golf oder vögeln Sie noch?", würde ihm außer dem unterbelichteten Aufhauser Ferdl bestimmt keiner mehr zuhören.

Mister Nigel Mac Nagg sollte am Tag der Eröffnung mit den Pinzgauer Golfpersönlichkeiten ein paar weltmännische Whiskys kippen, sich mit ihnen fotografieren lassen und, so die Idee des Direktors der Kurverwaltung, am Höhepunkt der Feierlichkeiten einen Golfball von der Spitze des Gamskopfkogels in die Weiten der Golfregion hinausschlagen. Man habe bereits eine verbindliche Zusage von Mister Mac Naggs Agentur. Billig werde es nicht, aber die Werbung sei effizient wie selten, nicht nur sofort greifend, sondern auch umwegrentabilitätisch flächendeckend.

Karl Schüblinger, Besitzer des Alpin Hotels, setzte beim Bürgermeister durch, dass Mister Nigel Mac Nagg die Nacht vor der Golfplatzeröffnung in seinem gediegen modern ausgestatteten Alpin Hotel verbringen werde. Schließlich hat er dem Bürgermeister nicht umsonst vor zwei Jahren im Wahlkampf finanziell empfindlich unter die Arme gegriffen. Die Werbung für sein Hotel sei effizient wie selten und Schüblinger könnte endlich in gastronomischer Hinsicht zum Platzhirschen des Ortes werden, was gerade umwegrentabilitätisch flächendeckend, so Schüblinger, für die ganze Region nicht von der Hand zu weisen wäre.

Die Sache mit der Einquartierung des internationalen Golfprofis kriegte natürlich auch Hubert Kornexl, Wirt des Hubertushofs, nebenbei Versicherungsagent und ebenso gierig auf effiziente Werbung wie sein Konkurrent Schüblinger, spitz. Um diesen Mister Nigel Mac Nagg bei sich im Hubertushof unterzubringen, war ihm jedes Mittel recht. Er wusste vom Versichern, dass nicht immer nur die geraden Wege zum Ziel führen.

Während nun also am Vorabend der Eröffnung des Golfplatzes die Pinzgauer Delegation unter der Führung des Direktors der Kurverwaltung am Flughafen der Landeshauptstadt die Ankunft des Agentendarstellers, Golfprofis und Frauenlieblings erwartete, schlich sich Kornexl auf das Rollfeld, holte Mac Nagg direkt am Flugzeug ab und schleuste ihn durch einen Nebeneingang, sein Bruder war nebenbei ein guter Bekannter der Schwester eines leitenden Flughafenbediensteten, zu seinem silbergrauen Opel Kadett, in dem seine Frau die beiden bereits erwartete. „Welcome, Mister Mac Nager!", sagte sie zu ihm und entblößte ihre leicht vorstehenden Zähne. Zu dritt brauste man davon. Mac Nagg bewunderte die Landschaft und quartierte sich im Hubertushof ein. Ihm war es egal, wo er wohnte, Hauptsache, die Gage stimmte und er könnte morgen wieder weg.

Die offizielle Delegation hingegen musste unverrichteter Dinge vom Flughafen abziehen, enttäuscht, dass sie diesen Mister Mac Nagg aus irgend einem Grund verpasst hatte. Aber so sind eben diese internationalen Geheimagenten, dem Gewöhnlichen immer um eine Nasenlänge voraus.

Kornexls Coup, den er sich eigentlich von einem Kriminalfilm im Fernsehen abgeschaut hatte, blieb natürlich nicht lange geheim. Und so kam es am nächsten Morgen zwischen Schüblinger und Kornexl zu einem handfesten Streit, in dessen Mitte sich der ratlose Mac Nagg trotz eines ausgewachsenen Frühstücks in Form von weichen Eiern und einigen Whiskys irgendwie überflüssig vorkam. Als auch noch der Direktor der Kurverwaltung ebenso aufgebracht seinen Senf dazu geben musste, spürte Mac Nagg mit dem Scharfsinn eines Schakals, dass es sich bei diesen Würsteln hier um ausgewachsene Arschlöcher handelte, kippte, um seine Aufgabe wenigstens teilweise zu erfüllen, noch schnell einen weltmännischen Whisky nach dem anderen, ließ die drei Streithanseln stehen, bestellte sich hinterrücks ein Taxi, fuhr damit in die Landeshauptstadt, setzte sich ins nächste Flugzeug und war bereits wieder die berühmte Nasenlänge voraus, noch bevor die mit sich selbst beschäftigten Einheimischen Wind von seinem Wegsein bekamen.

Um die Eröffnung nicht vollends platzen zu lassen, übernahm der Direktor der Kurverwaltung unter einem fadenscheinigen Vorwand die ehrenvolle Aufgabe, den angekündigten und von der Öffentlichkeit sehnsüchtigst erwarteten Eröffnungsgolfball von der Spitze des Gamskopfkogels in die Weite der Golfregion hinauszuschlagen. Immerhin war das ja ursprünglich seine ureigene Idee. Ansonsten war man eher darauf bedacht, die Sache so schnell wie möglich wieder zu vergessen.

Nachdem gegen Schluss dieses denkwürdigen Eröffnungstages der holländische Urlauber Jupp Vierstraate von einer ausgedehnten Wanderung durch die Landschaft in seine Pension zurückgekehrt war, beklagte er sich bei seiner Zimmervermieterin, der Frau Hauenschild, dass er nicht verstehe, wie man bei klarem Wetter am Fuße des Gamskopfkogels von einem durch die Luft fliegenden Stein oder einem ähnlichen unidentifizierbaren Objekt am Kopf getroffen und am Hirn verletzt werden konnte. „Jo mei", meinte die Frau Hauenschild, „vielleicht hat ein Flugzeug was verloren."

Über die Berge

Als zwischen dem Schischulbesitzer und seiner Frau die Liebe aufhörte, blieb ihnen nur noch das Geld. Als zwischen dem Schischulbesitzer und seiner Frau das Geld aufhörte, blieb ihnen ein neuer Anfang für die Liebe. Die jedoch war schon längst über alle Berge. So sitzen sie da und warten, während alles über die Berge geht, in der Hoffnung, die Berge mögen eines Tages ein Einsehen haben.

Unterpinzgau

Abgesehen von Zell am See als Bezirkshauptstadt ist die zentrale Gegend des Unterpinzgaus das Dreieck zwischen den Ortschaften Taxenbach, Lend und Rauris, wobei man Taxenbach wegen der dort lebenden „wüdn Hund" auch Texas nennt. Bei diesen „wilden Hunden" handelt es sich nicht um bellende Vierbeiner, sondern um Menschen, mehrheitlich Männer, die noch nie über die Grenzen ihres dreieckigen Horizonts hinaus gekommen sind und sich aufführen, als wären sie allein auf der Welt. Der wildeste von allen soll der aus Dienten stammende Christian Fuchs gewesen sein, ein verwegener Wilderer und Räuberhauptmann, der mit seinen zwölf Gesellen im achtzehnten Jahrhundert die Gegend um Taxenbach unsicher machte. Wegen seiner Angewohnheit, den Herrschenden das Wild wegzuschießen und das Fleisch an die Armen zu verteilen, könnte man ihn sogar als Pinzgauer Robin Hood bezeichnen.

In Lend beschleicht einen immer das Gefühl, ein mitleidiger Durchreisender habe einmal den Buchstaben E vor dem Ortsnamen entfernt, um das bedrückende, schwermütige Schattendasein des Ortes nicht auch noch durch Schrift offensichtlich zu machen. Beim einige Kilometer weiter südwestlich gelegenen Maria Ellend hingegen versuchte man, durch die Verdoppelung des L die Tristesse ein wenig zu mildern. Viel gebracht hat es allerdings nicht. Vielleicht scheute man sich aber auch davor, einen heiligen Namen, noch dazu den der Mutter Gottes, nachhaltig anzurühren. Man könnte glauben, dass eine solche Gegend nichts Großes hervorbringe, doch ist der österreichweit bekannteste Sohn des Pinzgaus ein geborener Lender: der in Wien groß gewordene Unternehmer Udo Proksch. Er brachte durch den „Fall Lucona" die halbe österreichische Bundesregierung in das Fahrwasser seiner kriminellen Geschäfte und sitzt seither in einem Wiener Gefängnis. Die in die Sache verwickelten Politiker gingen in Pension.

Im Rauriser Tal, der kinderreichsten Gegend des ganzen Pinzgaus, gab es noch in den sechziger Jahren zwei Familien mit jeweils siebzehn Kindern. Vielleicht hat Rauris aus diesem Grund während der damals herrschenden allgemeinen Aufbruchsstimmung den Anschluss an den großen Tourismus im Pinzgau verschlafen und ist heute dafür als eines der wenigen Tauerntäler noch im Besitz einer naturbelassenen Landschaft und ebensolcher Bewohner. Einmal wollte man das Raurisertal mit dem benachbarten Gasteinertal zu einer touristischen Region zusammenschließen und hat zu diesem Zweck einen Tunnel von Tal zu Tal gegraben. Doch die Rauriser fürchteten um die Naturbelassenheit und sperrten auf ihrer Seite ein Eisengitter vor den Tunnelausgang. Nun können die Gasteiner, allesamt Pongauer und Zugereiste, zwar durch ein Loch zu den Pinzgauern ins Rauriser Tal hineinschauen, mehr aber nicht. Stattdessen erfand man die Rauriser Literaturtage, die einmal im Jahr stattfinden und das Tal jeweils in eine aufgeweckte Stimmung bringen, die man den Raurisern gar nicht zugetraut hätte. Somit fanden die Rauriser auch ohne Tunnel den Anschluss an die Welt, auch wenn diese Welt eine literarische ist.

Philosophieren

Sobald der Hofer Kurt, ein vor kurzem entlassener leitender Angestellter einer angesehenen innergebirglerischen Schifabrik, die Gaststube des Krallerwirts betrat, ging ein eiliges Flüstern durch die Stammtischrunde: „Jetzt reden wir noch schnell etwas, weil wenn sich der Hofer Kurt her setzt, geht nichts mehr." Doch zu spät, der Hofer Kurt saß schon. Und er begann:

„Je älter man wird, desto weniger kriegt man die Zeit in den Griff. Dabei müsste es eigentlich immer einfacher werden. Aber das Leben ist eben keine klare Buchhaltung, sondern ein undurchschaubarer Schnürlregen. Immerhin habe ich nun endlich die ganze noch verbleibende Zeit für mich. Wer hat das schon? Ich bin frei, niemand sagt mir, was ich zu tun oder zu lassen habe. Ich kann nachdenken, wann ich will und worüber ich will. Ich denke oft über Dinge nach, die passiert sind. Dann denke ich über Dinge nach, die nicht passiert sind. Dabei komme ich nie zu einem Ergebnis. Das ist auch besser so, denn über Ergebnisse müsste ich nachdenken. Dass ich jedoch gar nicht nachdenke, passiert selten. Früher habe ich meine Zeit damit verbracht, mir für eine herzlose Firma das Herz herauszureißen. Jeden Tag habe ich das Rad der Wirtschaft ein Stück vorangedreht, bis ich selber keine Ecken mehr hatte. Den Lauf der Zeiten habe ich beschleunigt, Geist, Körper und Seele für einen Monatslohn teuer verkauft, denn ich war einer der Besten, ich war die Spitze eines Eisbergs, der andere Eisberge zu säugen hatte, damit sie nachwachsen und mir eines Tages zur Seite stehen würden. Wo sind sie denn heute? Warum stehe ich daneben, während rundherum alles fließt? Eigentlich bin ich ein Menschenverächter, ein Menschenfeind. Die Menschen können nichts, lernen nichts dazu und leben vor sich hin, bis sie eines Tages umsonst verrecken. Genau genommen sind sie nichts als ein Gebilde aus Plastik und Asphalt, bereit, nach getaner Leistung zu erkalten. Der Rest ist schwer zu entsorgender Müll. Wer so wie ich die Welt gesehen hat, begnügt sich schließlich mit ihrem Schatten. Am Anfang steht die gute Idee von einer Welt, am Schluss aber steht nur der Schatten dieser Idee, dazwischen liegt der Glaube an eine Zwischenlösung. Es ist alles nur eine Frage der Zeit, bis man in ihrem Schatten landet. Wonach soll man sich in dieser Welt noch sehnen, wenn sich die Ränder der Zeit immer mehr auflösen? Nun aber will ich schweigen, um Zeit zu gewinnen, noch mehr Zeit für mich."

Er trank sein Mineralwasser aus, zahlte und ging. Die sichtlich angeschlagenen Stammtischbrüder wollten ihre durch den Hofer Kurt unterbrochene Unterhaltung wieder fortführen, doch so sehr sie sich auch bemühten, das Reden war ihnen ausgegangen.

Ein Pionier des Fremdenverkehrs

Im Grand Hotel von Zell am See, das noch heute wie ein Schiff in den See hinausragt, gab es lang vor dem automatischen Zeitalter eine Kegelbahn, wo das Aufstellen der Kegel noch händisch erfolgen musste. Das bedeutete für die männliche Jugend der Stadt ein bescheidenes Zusatzeinkommen zum ohnehin nicht vorhandenen Taschengeld.

Die Vergabe dieser heiß begehrten Arbeit mit dem lächerlichen Stundenlohn war in den festen Händen einer Art Mafia, zu der man nicht so ohne weiteres Zutritt bekam und die vom Schwaninger Karl, Platzhirsch auf der Kegelbahn, Großmaul und Rechengenie aus der dritten Klasse Volksschule, angeführt wurde.

Eines Tages gelang es auch dem Gruber Theo, Sohn eines Verwaltungsbeamten und Schulkollege des Schwaninger Karl, einen Nachmittag lang das Kegelaufstellen übernehmen zu dürfen. Und weil gerade an diesem Tag der Schwaninger Karl wegen Durchfall ausgefallen war, möglicherweise hatte da der Gruber Theo mit einer Kostprobe seines abgelaufenen Käsebrots die Hand im Spiel, bat er mich, mit ihm gemeinsam diese Sache zu erledigen. Denn gearbeitet wurde hier immer zu zweit.

Da standen wir nun am Ende der Kegelbahn, sahen die Kugeln auf uns zurollen und stellten das Umgefallene wieder so hin, wie man es von uns verlangte. Der Nachmittag war eintönig und wäre es wahrscheinlich auch geblieben, wenn nicht gegen halb fünf der

Schmiederer Albert, Hüttenwirt auf dem Fuchslehen, mit drei mitteldeutschen Touristinnen den Raum betreten hätte. Vom Schmiederer Albert hatten wir schon einiges gehört. Es hieß, dass er nie lang herum redete, dass er jede kriegen konnte, die er wollte und dass er überhaupt ein großer Weiberer sei, immer zu außergewöhnlichen und grenzüberschreitenden Schandtaten aufgelegt, wovon wir bislang nicht den Schimmer einer Ahnung hatten. Außerdem war er ein begnadeter Kegler. Seine Spezialität bestand darin, bei jedem Wurf besonders weit auszuholen und das rechte Bein parallel zum kugelführenden Arm in der Luft durchzustrecken. Mir fiel auf, dass die drei deutschen Damen immer kreischten, wenn er das tat. Ich sah mir die Sache genauer an und sagte zum Gruber Theo: „Wenn sich der Schmiederer Albert nach vorn beugt und dabei seinen rechten Fuß nach hinten durchstreckt, schaut aus seiner kurzen Lederhose unten etwas heraus." Der Gruber Theo ging der Sache auf den Grund und bemerkte, dass sich der Schmiederer Albert den Schwanz eines geschlachteten Stieres in seine Lederhose gesteckt hatte, der bei jeder Ausholbewegung für einen kurzen Augenblick zu sehen war. Und der Gruber Theo wusste in solchen Dingen genau Bescheid, war doch sein Großvater Metzger in Maishofen.

Das also war nun eine von diesen außergewöhnlichen, grenzüberschreitenden Schandtaten des Schmiederer Albert. „Allerhand", sagte ich zum Gruber Theo und fragte mich, was diese Touristinnen später zu Hause in Deutschland wohl alles über uns erzählt haben müssen. "Über uns zwei sicher nichts", meinte der Theo traurig. Auf jeden Fall nahm von da an der Fremdenverkehr in der ganzen Gegend einen bemerkenswerten Aufschwung, viele kamen, um sich diese seltsam ausgestatteten Gebirgsbewohner anzuschauen, ihr gutes fremdes Geld auszugeben und nach zwei Wochen wieder wehmütig in ihre durchschnittliche mitteldeutsche Heimat zurückzukehren.

Eigentlich müsste man dem Schmiederer Albert ein Denkmal setzen, eine steinerne Momentaufnahme seiner typischen devisenbringenden Haltung. Ich habe diesbezüglich schon mehrmals im Gemeindeamt von Zell am See vorgesprochen, doch hieß es dort immer, es gebe Wichtigeres zu tun.

Heimat

Als Kinder glauben wir, uns könne nichts passieren, als Erwachsene hoffen wir, es werde nichts passieren, im Alter wissen wir, es wird einmal. Das Leben verläuft in wiederkehrenden Gesetzen, um sie zu ertragen, baut sich der Mensch ein Gerüst aus Vermutungen. Eine dieser Vermutungen ist das Gefühl von Heimat, der verloren geglaubte Geschmack und Geruch aus der Kindheit, der uns immer dann berührt, wenn wir wieder ein Stück weiter zu dem hinleben, was einmal passieren wird.

In Zell am See hatte meine Mutter einen kleinen Laden, wo sie neben dem Verkauf von Ledermänteln und Eichkätzchen aus Lammfell hauptsächlich mit weißem Zwirn bestickte hirschhäutene Bundlederhosen herstellte. Auf besonders üppige Stickereien verzichtete sie und verzierte nur die Nähte ringsum und die Falltür vorn mit fischgrätenähnlichen Rändern. Auffällig war dabei die sogenannte Tellernaht, die in einer schönen Wölbung über den Hintern von einem Bein zum anderen lief. Die Bünde am Bauch und unter den Knien sowie die ausladende Falltür wurden jeweils verstärkt, indem sie zwei Lederstreifen mit Mehlpapp, einer bewährten Mischung aus Wasser und Mehl, aneinanderklebte. Die Lederhosen meiner Mutter waren im ganzen Innergebirg und weit darüber hinaus begehrt, nicht nur wegen ihrer ewigen Haltbarkeit, sondern auch wegen ihrer Schlichtheit.

In regelmäßigen Abständen fuhr meine Mutter mit dem Zug nach St. Johann im Pongau zur Gerberei Egger, um dort Leder für ihre Lederhosen auszusuchen, das ungefähr eine Woche später von Herrn Egger persönlich mit dem Auto nach Zell am See geliefert wurde. Einmal, ich war gerade fünf Jahre alt, nahm sie mich mit. Ich hatte mich ohnehin schon immer dafür interessiert, woher das ganze Leder kam, das meine Mutter zu Hosen verarbeitete. Während meine Mutter das Leder aussuchte, durfte ich, höchstpersönlich begleitet vom Gerbereibesitzer Egger, in der Gerberei herumgehen, um mir alles genau anzusehen, das Waschen und Trocknen der Häute, ihre Umwandlung zu weichem Leder, das Glätten und Färben. Am meisten beeindruckte mich jedoch ein kleines Wasserkraftwerk, das den Strom für die Gerberei lieferte. Herr Egger beobachtete mich aufmerksam und war sehr angetan von meinem Interesse.

Nun hat im Innergebirg jeder seine ganz persönliche Schneewächte auf dem Herzen. Bei Herrn Egger und seiner Frau hieß diese Schneewächte Kinderlosigkeit. Ganz besonders schien ihn zu bedrücken, keinen Erben für seine Gerberei, die schon seit Generationen von einem Egger auf den anderen übergegangen war, zu haben. Zu meiner Mutter sagte er plötzlich: „Dein Bua gfallt mir. Lass ihn mir da, dann kriagt er einmal die Gerberei. Wie viel willst denn habn für den Buam?" Der Brauch des Abkaufens von Kindern hatte sich Ende der fünfziger Jahre eigentlich schon weitgehend aufgehört, war aber im Bewusstsein einiger Innergebirgler anscheinend eine Sache, auf die man bei Bedarf noch immer zurückgreifen konnte. Und manche arme kinderreiche Bergbauernfamilie überließ einen ihrer Söhne einer kinderlosen Familie unten im Tal, um dadurch einen Esser weniger zu haben, da er von nun an seine Suppe brav woanders auslöffeln konnte. Der Herr Egger hatte einiges an Auslöffelungen zu bieten: Eine Ausbildung, einen gut eingeführten Betrieb, ein Auto und so weiter, alles in allem also eine gesicherte Zukunft für den „Buam", den er sich heranziehen würde, wie er es für richtig fand. Und ein gestandener Pongauer der alten Schule findet nur das für richtig, was in seinen Pongauer Schädel hinein geht. Das ist oft nicht viel.

Dieser Herr Egger wollte mich also tatsächlich meiner Mutter abkaufen, als wäre das die selbstverständlichste Sache auf der Welt. Meine Mutter lachte nur und sagte: „Den Buam gib i nit her." Der Gerbermeister murmelte, dass ihr das noch leid tun werde, dann fuhren wir nach Hause zurück. Ich verstand plötzlich, dass ich von dort, wo ich hingehöre, niemals weggeschickt werden würde, und dieses sichere Gefühl, eine Heimat zu haben, begleitet mich noch heute, auch wenn ich mich schon lange ganz woanders wiedergefunden habe.

Eine Woche danach lieferte der Gerbermeister das von meiner Mutter ausgesuchte Leder bei uns ab und brachte nicht ohne Stolz einen bleichen, mageren Buben mit, den er, wie er sagte, von einem Bergbauern aus Großarl erstanden hatte. „Du wolltst ja dein Buam nit hergebn, obwohl mir der deine viel lieber gwesn wär als der da", sagte er zu meiner Mutter mit einer kurzen Handbewegung zu seinem angenommenen Sohn, der traurig auf den Boden blickte. „Der wird einmal der größte Gerber vom ganzen Pongau, aber bis dahin ist noch ein weiter Weg", meinte er beim Gehen. Sein Bub, der ihm nicht sofort nachfolgen wollte, bekam von ihm eins auf den geschorenen Hinterkopf und stapfte brav seinem neuen Vater hinterher. „So ein armer Bua", seufzte meine Mutter, während sie begann, das Leder einzuräumen.

Durch die Tür unseres Ledergeschäftes sah ich den beiden nach, wie sie über die Straße zu ihrem Auto gingen. Einmal drehte sich der Bub des Gerbers kurz zu mir um und schien mich unendlich zu bewundern. Es braucht im Leben nicht viel, um auf die „Sonnseite" oder auf die „Schattseite" geworfen zu werden, Glück gehört dazu und ein Mensch, der einen dieses Glück erleben lassen kann.

Was aus dem Buben geworden ist, weiß ich nicht, die Gerberei Egger jedenfalls gibt es in St. Johann schon lange nicht mehr. An ihrer Stelle befindet sich heute ein Blumengeschäft.

Der Knecht

Der alte Knecht vom Rohrmoosbauern in Dienten am Hochkönig hieß Leanl, eine fast heidnische Verknechtung des schönen christlichen Namens Leonhard, Schutzpatron der Rindviecher, Stallknechte und Butterhändler. Da Leanl schon immer Leanl hieß, fand niemand etwas Außergewöhnliches an diesem Namen, am allerwenigsten Leanl selbst. Er machte seine Arbeit zur Zufriedenheit aller, stellte keine Fragen und erwartete auch keine Antworten. Am liebsten legte er sich nach dem Abendessen auf die Ofenbank, schickte von dort ein vielsagendes Rülpsen in die Runde und schlief ein, ohne weitere Gedanken zu haben.

Eines Nachmittags, nachdem sich Leanl beim Mähen mit der Sense in den rechten Daumen geschnitten und seine Wunde notdürftig mit einem vom langen Herumtragen im Hosensack schwarz gewordenen Taschentuch verbunden hatte, sagte er „jo mei", mähte die Wiese fertig und setzte sich nach der Arbeit mit der Familie des Rohrmoosbauern zum Abendessen. Meistens gab es Kasnocken oder Brezensuppe, heute jedoch diese schmackhafte Mischung aus Milch und Polenta, die man wegen der für Innergebirgler exotischen Maiskörner auch Türkenkoch nannte. Die Rohrmoosbäuerin stellte die Pfanne mit dem dampfenden gelben Maiskoch und dem in der Mitte steckenden Stück Butter, das den Geschmack verfeinern sollte, auf den Tisch. Die um die Pfanne Herumsitzenden begannen nach einem kurzen Gebet nun schweigend, mit ihren Löffeln die Polenta aus der gemeinsamen Pfanne in ihre einzelnen Mäuler zu schaufeln. Um möglichst viel von der langsam zergehenden Butter zu sich hinfließen zu lassen, hatte jeder der Beteiligten das Bestreben, von der Mitte bis zum Rand der Pfanne eine entsprechende Furche zu ziehen. Dabei diente der Löffel förmlich als persönlicher Pflug.

Das tat auch der Leanl. Als sich seine Hand gerade über der Pfanne befand und der notdürftige Taschentuchverband seiner Daumenverletzung über dem Türkenkoch schwebte, tropfte ein wenig Blut vom Daumen in die soeben gegrabene Polentarinne, was ein sonderbares Gemisch ergab, das über Leanls Furche an den Pfannenrand floss, sich dort sammelte und wie ein fettig steigendes Gewässer langsam die ganze Rundung der Pfanne eroberte. Von den Kindern des Bauern in aller Eile aufgerichtete Türkenkochdämme brachen ebenso schnell wieder in sich zusammen.

Man blickte zwar kurz zu Leanl hinüber, nahm aber das Türkenkoch hin, als wäre es wie immer. Der Knecht war sehr zufrieden, aß brav alles auf, legte sich auf die Ofenbank, wunderte sich, dass der sonst so hungrige Bauer heute weniger Appetit hatte als üblich, rülpste kurz, weil er das immer tat, schlief ein und träumte von einem Leben als Leonhard, Schutzpatron der Rindviecher, Stallknechte und Butterhändler.

Der erste Dichter meines Lebens

Als fünfjähriger Knabe wurde ich dazu auserwählt, anlässlich einer Feier meines Kindergartens in Zell am See ein Gedicht des Pinzgauer Heimatdichters Konrad Nusko aufzusagen. An Einzelheiten kann ich mich heute nicht mehr erinnern, jedenfalls muss ich meine Sache gut gemacht haben, denn ein Jahr später wurde ich zur Eröffnung des Kindergartens in Schüttdorf, ich besuchte bereits die erste Klasse Volksschule, erneut für eine literarische Rezitation herangezogen. Es handelte sich wieder um ein Nusko-Gedicht, woran man den Popularitätsgrad des Dichters deutlich ablesen kann, der vor allem mit seinem Gedicht „Unter der Haustür" in viele Pinzgauer Häuser Einzug fand. Weniger berühmt hingegen ist sein Lob der Technik: „Meinem Moped zum 50.000sten Kilometer" oder die philosophischen Betrachtungen seiner Spätphase: „Wohl wissen heutzutags alle Tiere der Erde, daß ihr Leben uns Menschen total ausgeliefert ist."

Eines Tages, ich saß gerade in meiner Schulklasse und hörte der Lehrerin mit dem unaussprechlichen Namen zu, kam die Direktorin des Kindergartens zur Tür herein, sprach erst mit meiner Lehrerin, dann mit mir. Da sich in ihrem Kindergarten anscheinend kein Kind gefunden hatte, das gewillt war, sich ein Nusko-Gedicht zu merken, und da ich noch immer für einen Fünfjährigen durchgehen konnte, schien ich für diesen Auftrag der einzig Richtige zu sein. Mit grüner Joppe, Filzhut und Spielzeugflinte bewaffnet, trug ich bei regnerischem Wetter ein Gedicht über einen jungen, frischen Jäger vor, am Ende des Gedichtes durfte ich sogar mit meinem

Büchslein knallen, weshalb mir die ganze Angelegenheit wahrscheinlich in so guter Erinnerung geblieben ist. Der Pinzgauer Dichterfürst wäre stolz auf mich gewesen.

Einige Monate später, wir konnten schon ein wenig lesen, geschah das Unerwartete. Konrad Nusko, Dichter der wahren Einfalt und des guten Glaubens, ein kleiner, dicker Mann mit breitkrempigem Hut und blumenverziertem Dichterstab, erschien leibhaftig in unserer Klasse. Er las aus seinem Gesamtwerk, sprach mit uns über die gemeinsame Heimat und verkaufte Lesezeichen, auf denen ein paar lyrische Zeilen und je ein dazupassendes Schwarzweißfoto abgebildet waren. Auf meinem Lesezeichen befand sich ein Bild mit zwei Kühen, darunter der Zweizeiler:

Weißrot, wie die Farbn von mein Landl sein Schild,
Sand unsere Küah, dös is a liabs Bild.

Leider besitze ich dieses Dokument nicht mehr, es wird wohl im Zuge spätpubertärer Kulturrevolutionen den Weg der Vernichtung gegangen sein. Dann verebbte meine Beziehung zum Pinzgauer Dichterfürsten. Erst nach vielen Jahren, während einer meiner Back-to-the-roots-Phasen, begann ich wieder, mich für ihn zu interessieren und gehöre nun zu jener winzigen Schar Unerschrockener, die sein Gesamtwerk angelesen haben.

Die Frau, das Haus, das Tier

Die Frau des Tierarztes, eine stets um ihre Figur besorgte Person, war so zufrieden in ihrem neu errichteten Eigenheim, dass sie am liebsten zu Hause blieb und nur in den Ort ging, um einzukaufen. Das jedoch tat sie fast täglich. Sie wohnte inmitten ihrer Einrichtung, emsig darauf bedacht, alles schön sauber zu halten und vor einer überflüssigen frühzeitigen Abnützung zu schützen. So waren die Polstermöbel im Wohnzimmer von einer milchigen Plastikfolie umfangen, die frühestens in zwei, drei Jahren erstmals teilweise entfernt werden sollte. Vor den Fenstern des Eigenheims blieben die Jalousien auch tagsüber geschlossen, um bei Sonneneinwirkung ein Ausbleichen der Möbel zu verhindern. Die stets blitzende Badewanne durfte niemals gefüllt werden, was den Zweck hatte, auftretende und schwer zu beseitigende dunkle Ränder gleich von Anfang an gar nicht aufkommen zu lassen. Und wenn die Frau des Tierarztes ungefähr einmal im Jahr Gäste hatte, meist Tierärzte und Frauen von Tierärzten aus dem Bekanntenkreis ihres Mannes, die aus irgendeinem Grund das aufgetischte Essen nicht zur Gänze bewältigen wollten, sagte sie lächelnd: „Macht nichts, das kann man ja einfrieren.” Denn sie war als einer der wenigen privaten Haushalte weit und breit schon damals im Besitz einer Tiefkühltruhe und sehr stolz darauf. Das Eingekaufte einzuordnen und aufzubewahren ergab erstens eine sinnvolle Beschäftigung, zweitens ersparte es doch auf Dauer eine hübsche Summe Geld, das wiederum in den Ausbau der häuslichen Einrichtung gesteckt werden konnte.

Als auch im Ort einer von diesen wie die Schwammerl aus dem Boden schießenden Großmärkte eröffnete und schon bald darauf über eine Reihe von unerklärlichen Ladendiebstählen klagte, vermutete man ein gezieltes Komplott von in der Nähe lebenden Ausländern, Emigranten aus dem Südosten, die als Küchenhilfen beziehungsweise Tellerwäscher arbeiteten und sicher eigene Vorstellungen von Eigentum hatten. So sehr man aber die Einkaufstaschen verdächtig aussehender Personen kontrollierte, der oder die Übeltäter konnten nicht ausgeforscht werden.

An einem Freitagmorgen bestieg die Frau des Tierarztes wieder einmal den familiären Zweitwagen, um vor dem herannahenden Wochenende den Einkauf im Großmarkt durchzuführen. Durch das heruntergekurbelte Autofenster sagte sie zu ihrer Nachbarin: „Ich gehe shopping". Dann fuhr sie davon, während die Nachbarin über dieses „shopping" der Frau Doktor, wie die ehemalige Verkäuferin seit ihrer Heirat mit dem Tierarzt angeredet wurde, kurz rätselte und ebenfalls einkaufen ging. Die Frau des Tierarztes füllte ihren Einkaufswagen, stellte sich in die wartende Schlange vor der Kassa, schimpfte kurz mit der Frau hinter ihr über die gestiegenen Preise, verdrehte plötzlich die Augen, taumelte und fiel der Länge nach auf den Boden. Ihr sofort herbeigerufener Gatte leistete ersten ärztlichen Beistand. Kreislaufschwäche lautete die Diagnose, ohne dass jemand genau wusste, warum. Doch als man den fest auf dem Kopf sitzenden breiten Hut der Frau des Tierarztes entfernte, glaubte man den Grund für die plötzliche Ohnmacht zu erkennen. Unter dem Hut befand sich nämlich ein tiefgefrorener Truthahn, der wegen seines eisigen Zustandes im Kopf der Frau des Tierarztes so etwas wie einen Kälteschock ausgelöst haben musste. Die Umstehenden blickten einander stumm an, war doch jedem sofort klar, dass die Frau diesen tiefgefrorenen Truthahn an der Kassa vorbei schmuggeln wollte. Eigentlich ein genialer Plan, dachte eine der herumstehenden Küchenhilfen aus dem Südosten. Man vermutete nun, dass die Frau schon seit Monaten mit Hilfe ihres breiten Hutes verschiedene Waren aus dem Großmarkt entwendete und wohl oder übel die Urheberin der unaufgeklärten Ladendiebstähle war. Ohne ein Wort zu verlieren, nahm der Tierarzt seine Frau und begleitete sie nach Hause ins gemeinsame Eigenheim, das, wie sich jetzt herausstellte, ein ganzes Lager von gestohlenen Waren beherbergte, eingefroren und anders.

Die Frau des Tierarztes ließ sich daraufhin nie wieder im Ort blicken, blieb nur noch inmitten ihres Eigenheimes und putzte es jeden Tag so blitzblank, dass man hätte glauben können, sie wolle sich irgend etwas von der Seele reinigen. Das Einkaufen besorgte künftig ihr Mann, der Tierarzt.

Nachbarn

Guten Morgen, Herr Nachbar,
Na, wie geht´s denn, Herr Nachbar,
Gut geschlafen, Herr Nachbar,
Na, wie steht´s denn, Herr Nachbar,
Ach, beschissen, Herr Nachbar,
Gut zu wissen, Herr Nachbar,
Warum soll es Ihnen besser gehn als mir.

Schon die zweite, Herr Nachbar,
Von dem einen, Herr Nachbar,
Große Pleite, Herr Nachbar,
Es ist zum Weinen, Herr Nachbar,
Viele Grüße, Herr Nachbar,
An Frau Nachbar, Herr Nachbar,
Ach, verzeihen Sie, die wohnt ja nicht mehr hier.

Auf dem Herzen, Herr Nachbar,
Haben´s viele, Herr Nachbar,
Nicht zu scherzen, Herr Nachbar,
Keine Spiele, Herr Nachbar,
Leiser treten, Herr Nachbar,
Etwas beten, Herr Nachbar,
Und Sie werden sehn, es wird schon wieder gehn.

Auf dem Holzweg

Der Tischlermeister Alois Brunnauer aus Leogang hatte den Auftrag, für die alleinstehende und für ihr Alter immer noch blendend aussehende Aloisia Pichler eine Holztreppe zu bauen, als neue Verbindung vom ersten Stock zum Dachboden ihres kleinen Hauses. Gern machte sich Alois Brunnauer an die Arbeit, wobei nicht nur seine Liebe zum Holz, sondern auch seine heimliche Liebe zur Aloisia eine große Rolle spielte. „Alois und Aloisia", dachte der unverheiratet Gebliebene schon seit einiger Zeit und jetzt ganz besonders. Dazu seufzte er manchmal, wenn der Lärm der Kreissäge alles übertönte, damit ihn sein Geselle Manfred nicht hören konnte. Der sonst eher gefühlsneutrale Manfred war dieses Mal übrigens auch mit besonderer Freude an der Arbeit, was den Tischlermeister in seiner Zuneigung zur Aloisia noch mehr bestätigte. Er wollte ihr schon mehrmals seine Liebe gestehen, doch brachte er auch im günstigsten aller Augenblicke, wie zum Beispiel anlässlich eines zufälligen Zusammentreffens beim Schwammerlbrocken, nicht einmal den Anflug eines Geständnisses heraus, sondern stammelte höchstens etwas von Herrenpilzen und ließ es dann bleiben. Nachher wusste er immer ganz genau, was er hätte sagen wollen. Bei diesem Phänomen handelt es sich übrigens um ein weit verbreitetes Muster in der innergebirglerischen männlichen Kommunikation.

Die Treppe wurde rasch fertig gestellt und sollte an einem Donnerstag , den sich Aloisia extra frei genommen hatte, in ihr Haus eingebaut werden. Diese Arbeit wollte Alois ganz ohne seinen Gesellen besorgen, um vielleicht die außergewöhnliche Situation zu nützen. Außerdem hatte sich Aloisia angeboten, ihm bei der Arbeit zu helfen. Doch auch nach zwei Stunden war es ihm nicht möglich, das zu sagen, was schon seit Jahren fällig war. Sein Geselle Manfred kam einmal kurz vorbei und brachte eine Axt, die Alois am Morgen vergessen hatte und die er benötigte, um einen Stützbalken richtig einzupassen. Manfred machte ein paar harmlose Scherze, lobte die überaus gelungene Treppe, sagte einige freundliche Worte zur Aloisia und ging wieder. Von der lockeren Atmosphäre beflügelt, nahm sich Alois Brunnauer ein Herz, stellte sich vor Aloisia, holte tief Luft und setzte an, ihr endlich alles zu sagen. Fast wäre es wie ein Wasserfall aus ihm herausgebrochen, doch Aloisia war schneller: „So eine schöne Treppe, Alois! Da hast du dich aber selbst übertroffen. Und auch der Manfred wird sich freuen, wenn er einzieht bei mir. Da werden wir dann auf der Treppe sitzen und miteinander reden. Wo wir uns doch immer so viel zu sagen haben. Und dich, lieber Alois, hätte ich gern als Trauzeugen."

Alois Brunnauer nahm nun die von Manfred gebrachte Axt, zertrümmerte unter dem Geschrei der Aloisia Pichler die soeben errichtete Holztreppe und schlug mit jedem Schlag auch ein Stück seiner heimlichen Liebe aus sich heraus. Danach ging er ganz ruhig davon und sagte zu sich selbst: „Jetzt kennt sie sich aus."

Der verlorene Sohn

Verschwommen, oberflächlich und aus der Luft betrachtet gleicht das Innergebirg einer Wüste, bestehend aus unzähligen Berggipfeln, die einander nichts zu sagen haben. Nüchtern und genau besehen findet man dazwischen eine Menge von Tälern, Klammen und Furchen, in denen eine Bevölkerung lebt, die ihresgleichen sucht. Sie liebt ihre Höhen und preist die Tiefen ihres Verstandes, unergründlich für einen Dazugereisten, einen Fremden, dem es unmittelbar nach seiner Ankunft bei solchen Abgründen die Sprache verschlägt.

Im innersten Kreis dieser verschlagenen Gegend, wo sich Fuchs und Hase nicht einmal gute Nacht wünschen, wurde im Jahr des Herrn, als die österreichische Weltpolitik mit dem Abschluss eines Staatsvertrages beschäftigt war, ein Knabe in die Kälte dieser verschneiten Welt gesetzt und sollte wenige Tage später in der örtlichen Satteldachkirche, die sich von den umliegenden Zwiebel- und Nadelturmkirchen in schier überheblicher Weise abzuheben wusste, auf den Namen Balthasar getauft werden.

Der Vater des Knaben, ebenso wie er ein Bergbauernsohn, der sich hauptsächlich auf die Geheimnisse der Rinderzucht verstand, trug sein Kind über einsame Waldpfade und schneeverwehte Berghänge der für ihn heute so persönlich wirkenden Kirche zu. Unterwegs traf er einen abgearbeiteten Holzknecht. „Jo, der Hauser, was treibt di heut schon obi?", grinste der Holzknecht aus dem geraderen seiner beiden schiefen Mundwinkel.

„Tauf hamma, mein Bua", antwortete der Vater und setzte listig hinzu, dass er den „Buam" Balthasar taufen lassen wolle, weil er gar so ein schwarzer Teufel ist. "Und wia schaut er aus?", fragte der Holzknecht weiter. „Genau so wia i. Willst ihn sehn? Im Rucksack is er drin", antwortete ihm der Bergbauer. „Wann er so ausschaut wie du, kann i mir´n eh vorstellen." Der Vater wollte aber unbedingt seinen Buben herzeigen und öffnete stolz den Rucksack. „Ja, wo is hiatz der Bua?", sagte er und kramte umständlich in seinem Rucksack herum. „Wirst ihn a nit verloren habn?", grinste der Holzknecht diesmal aus dem anderen Mundwinkel. „Des gibt´s a nit", meinte der Vater und wurde leicht nervös, was immer das auch bei einem Bergbauern bedeuten mag. „Balthasar, Balthasar!", rief er aufgeregt in alle möglichen Richtungen.

Der Holzknecht dachte umständlich, dass es ein Unsinn sei, das Kind bei seinem Namen zu rufen, da es schließlich noch nicht getauft wäre und folglich nicht wissen könne, wie es heiße. „Und wannst an Rucksack taufen lasst? Merkt eh koana", meinte er, ohne diesmal eine Ecke seines Mundes zu verziehen, so ernst war ihm dabei. Doch mit diesem Vorschlag war der Vater ganz und gar nicht einverstanden. Und im Weitergehen brummte er unverständlich vor sich hin: „A so was, an Buam verliern, hoffentlich hat er sich bei dem Bruchharsch nit weh tan."

Die beiden fanden das Kind kurz darauf selig schlummernd im Schnee liegen. Kälte und Frost konnten seiner robusten Gesundheit nichts anhaben, es schien fast so, als fühle sich der Knabe in der einsamen Winterlandschaft wohl, denn als die beiden in seine Nähe kamen, begann er ein solches Geschrei anzustimmen, dass sogar der nervenstarke und Motorsägenlärm gewohnte Holzknecht schleunigst das Weite suchte.

Die Taufe wurde auf unbestimmte Zeit vertagt. An einem warmen Frühlingstag endlich gab es keine Möglichkeit mehr, dem Eintritt in die katholische Kirche zu entrinnen, und so machte der Pfarrer aus dem Namenlosen den Balthasar.

Nothing but the Blues

Keiner sang und spielte den Blues wie er, zumindest im Innergebirg. Entlang des Mississippi freilich herrschen andere Gesetze. Seine Tournee durch die Gasthäuser zwischen Schützing, Schinking, Bsuch und Gerling hätte beinah eine eingeschworene Mentalität erschüttert, wenn dort Erschütterungen des Eingeschworenen möglich wären. Und als er im Gasthof Post in Lend den Woody Guthrie Hit „This Lend is your Lend, this Lend is my Lend" mit einem solchen Feeling zum Besten gab, dass sogar die Novemberfeuchtigkeit für einen Augenblick lang in der Salzach blieb, durften die Lender glauben, die weite Welt sei bei ihnen auf der Durchreise.

In legendärer Erinnerung ist auch sein Auftritt anlässlich der Weihnachtsfeier der Firma Porsche, wo er nach der Ankündigung des Firmenchefs „Jetzt kommt die Einlage" zwischen Haupt- und Nachspeise den Song „Mercedes Benz" von Janis Joplin so derartig brechend abfahren ließ, dass keiner der Anwesenden das beiläufige Besingen des ungeliebten Konkurrenzautomobils bemerkte.

Man hat ihn beklatscht, man hat ihn gefeiert, man zeigte sich gern an seiner Seite, aber nur so lang, wie er den Blues sang. Danach ließ man ihn zwischen den Saiten seiner Gitarre gern allein. Und er litt. Er litt an den Menschen, er litt an der Welt, und er litt an sich selbst. Er hätte weiß Gott was dafür gegeben, sich all seinen Schmerz von der Seele zu leiden, nur leider, von seiner Seele wollte keiner etwas haben. Er hatte den Wunsch wegzugehen. Das Leben war einfach zu eng für ihn. Es konnte seine Größe niemals richtig fassen. Er hatte zu viel Leben für das Leben. Dann goss er so lange Rotwein in sein Glas hinein, bis es überging. Und er blieb da.

An seinem großen Herzen sollt ihr ihn erkennen, an seiner engen Heimat ging er zu Grunde.

Eins wie's andre mit der Zeit

In einer Bar hat alles angefangen,
Wie meistens bei Geschichten so wie der,
Seit Stunden sind wir schon am Glas gehangen
Und sprachen von uns beiden und von mehr.

Ich rauchte damals eine nach der andern,
An deinem Glas hat Lippenstift geklebt,
Du warst total versessen auf John Lennon,
Ich hätt gern Janis Joplin erlebt.

Manchmal waren wir allein,
Manchmal waren wir zu zweit,
Es ist eins wie´s andre mit der Zeit.

Ich bild mir ein, ich hätte dir gefallen,
Sonst hätten wir uns ja nicht rumgekriegt,
Wir wollten grade aufstehn und bezahlen,
Doch da kam plötzlich dieser eine Typ.

Bei dir zu landen war für mich utopisch,
Es war schon aus, bevor es noch begann,
Ich sagte dir noch was, ganz idiotisch,
Und ging wie jemand, der nicht gehen kann.

Manchmal waren wir allein,
Manchmal waren wir zu zweit,
Es ist eins wie´s andre mit der Zeit.

Es freut mich, dich zu sehn nach all den Jahren,
Du hast dich kaum verändert, ich mich mehr,
Die Zeit ist mit dem Schnellzug abgefahren,
Wir laufen einem Fahrplan hinterher.

Wir hätten uns vielleicht was zu erzählen,
Vom Leben, das den Bach hinunterrinnt,
Es wird uns beiden immer etwas fehlen,
Versäumte Stunden bleiben, wo sie sind.

Manchmal sind wir zwei allein,
Manchmal ganz allein zu zweit,
Es ist eins wie´s andre mit der Zeit.

Von der Musik

Was die Musik betrifft, so stand das Salzburger Innergebirg schon immer im Schatten der Landeshauptstadt, wofür es sich nicht schämen muss, steht doch die halbe Musikwelt im Schatten von Wolfgang Amadeus Mozart.

Immerhin kann sich das Innergebirg rühmen, wunderbare Weihnachtslieder hevorgebracht zu haben, doch das weltweit bekannteste, das von Joseph Mohr und Franz Xaver Gruber geschriebene „Stille Nacht, heilige Nacht" entstand in Oberndorf, und das liegt außergebirgs im Salzburger Flachgau.

Vielleicht hätte es der Pinzgauer Johann Blaikner aus Uttendorf, genannt „Tischlerhans", ein Dichter von Wildererliedern, zu einiger musikalischer Berühmtheit gebracht, wenn er nicht in jungen Jahren als Wildschütz in die Festung Hohensalzburg gesperrt worden und dort 1840 gestorben wäre.

Wie viel Musik hätte Anton von Webern in seinem Leben noch geschrieben, wäre er nicht bei einem Besuch seiner Tochter Christina in Mittersill am Abend des fünfzehnten September 1945 von einem amerikanischen Besatzungssoldaten erschossen worden. Der Soldat gab später an, Herrn von Webern für dessen Schwiegersohn, den behördlich gesuchten Schwarzhändler Mattel, gehalten zu haben, von dem er sich bedroht fühlte.

Im März 1965 durfte der Pongau als einziges Innergebirg dieser Erde die „Beatles" höchstpersönlich erleben, die sich als einen der Drehorte für ihren Film „Help" den Radstädter Tauern ausgesucht hatten. Neidisch könnte man werden als Pinzgauer.

Gottseidank gibt es ein Lied, das wegen seiner Einzigartigkeit den Pinzgauern auch musikalisch ein wenig Unsterblichkeit gibt. Es handelt sich um die heute noch gern gesungene „Pinzgauer Wallfahrt", ein von einem unbekannten Verfasser gedichtetes Spottlied.

„Bitt- und Kreuzgänge sollten die Pfarrkinder der Erzdiözese zu den Gräbern und Reliquien der Landesheiligen Rupert, Virgil und Erentrudis führen, um sie bei dem wahren Glauben, bei dem schuldigen Gehorsam und der aufrichtigen Anhänglichkeit zur römisch-katholischen Kirche überhaupt und zu ihrer Mutterkirche Salzburg insbesondere zu erhalten und zu befestigen". Das forderte Erzbischof Johann Jakob von Kuen-Belasy im Jahr 1569 zur Erneuerung der Kirche nach dem Konzil von Trient. Diesen Aufruf nahmen die Pinzgauer Bauern sehr ernst, beschlossen, das Wallfahren nun intensiver als zuvor zu betreiben und organisierten alljährlich zu Pfingsten eine Kirchfahrt nach Salzburg, die für die Teilnehmer aus den entlegeneren Gegenden bis zu vier Tage lang dauerte.

Nach zwanzig Gehstunden marschierten die Pinzgauer am Nachmittag des Pfingstmontags betend und singend von Mülln aus durch die Gstätten- und die Getreidegasse über den Alten Markt zum Salzburger Dom. Dabei trugen sie jedesmal die Zeller Kirchfahne voran. Am Portal des Doms wurden sie von sechs Chorpriestern empfangen und gesegnet, daraufhin zogen sie gegen

Ende der Vesper, wenn alle Psalmen gesungen waren, feierlich in den Dom ein. Während alle anderen Gruppen vor den Chorschranken halten mussten, durften allein die Kirchfahrer aus Zell am See den Hauptaltar umschreiten. Dieses Privileg hatten sich die Zeller verdient, weil sie im Bauernkrieg des Jahres 1526 als Gemeinde treu zu Erzbischof Matthäus Lang gestanden waren. Sie hatten gewöhnlich sechzehn bis achtzehn Kirchensänger und einige Vorsänger bei sich und gingen singend und die Heiligen anrufend um den Altar herum, während gleichzeitig die hochfürstliche Musik das Magnificat sang. Bei diesem Treiben soll ein ziemlicher Lärm entstanden sein, von einigen Zusehern als unanständig bis anstößig bezeichnet. Nach der Andacht gingen die Pinzgauer in den Hofkeller St. Peter, wo man sie gratis bewirtete. Die eher derberen Sitten der Pinzgauer, ihre bäuerliche Ausdrucksweise und vor allem ihr Gesang reizten wohl einige Salzburger zum Spott, die daraufhin das Lied von der „Pinzgauer Wallfahrt" verfassten.

Auf den tagelangen Wallfahrten wurde natürlich nicht immer nur fromm gesungen und sittsam gebetet, was für die Geistlichen ein ständiger Anlass zu Ermahnungen war. Ein Zeitgenosse berichtet von einer Rast der Wallfahrer in St. Ulrich am Pillersee am 4. Juli 1638: „Nach dem Mittagessen, bei welchem Feder- und allerhand Wildbret, auch der besten Forellen und Salmlinge nach Überfluß aufgetragen wurden, hatten wir unseren Spaß, diesen Monstris zuzuschauen. Sie sangen, sie sprangen und tanzten, nachdem sie sich gar artig und zum Teil abscheulich vollgesoffen hatten, und gingen endlich mit Juchzen und Schreien, jeder seine Grätl bei der Hand führend, wiederum heim."

Das Dekanat Saalfelden stellte am 6. April 1789 die Bitte um Auflassung dieser Wallfahrt mit der Begründung, „daß es der einhellige Wunsch der eingepfarrten Gemeinden sei, da man von Saalfelden fünfzehn Stunden, von Zell achtzehn, von der Fusch und aus der Glemm aber zwanzig Stunden nach Salzburg zurückzulegen habe und die Entferntesten gar vier Tage auf der Wallfahrt zuzubringen hätten, wobei sie verschiedene, sündhafte Gelegenheiten zur Ausschweifung hätten."

Daraufhin erließ der hochfürstliche Hofrat am 4. Mai 1789 die Verfügung, dass dieser jährliche Kreuzgang in eine kürzere Wallfahrt abgeändert werde. Damit hörte sich die jahrhundertealte Sitte der Pinzgauer Wallfahrt zum Salzburger Dom auf, man beschränkte sich nun auf den näher gelegenen Wallfahrtsort Maria Kirchenthal. Das Lied jedoch lebt bis heute weiter.

Die Pinzgauer wollten kirifiaschtn gehn,
Widi, wadi, we, eleison!
Sie tatn gern singa und kunntns nit gar schen,
Widi, wadi, we, eleison!
Pinzgauer samma, des woaßt ja von eh, juche,
widi wadi we!
Gelobt sei die Christl und die Salome!

Die Pinzgauer gingen um den Dom herum,
Die Fahnstang is brochen, jetzt gengans mit an Trumm.

Die Pinzgauer gingen in den Dom hinein,
Die Heiligen tan schlafen, sie kunntns nit daschrein.

Oh heiliger Sankt Florian, du Wasserkübelmann,
Verschone unsre Häuser, zünd andre dafür an.

Oh heiliger Sankt Leonhard, der d'Viecher all kuriert,
Paß auf, daß ins heuer koa Rindviech nit krepiert.

Oh heilige Maria, du jungfräuliche Zierd,
Paß auf, daß koa Bua uns koa Dirndl nit verführt.

Sag an heiligen Peter, dass er auf uns passt,
Daß, wenn mir sterbn, er uns in Himmel laßt.

Gib uns halt nacha ein seliges End,
Daß sich koana an Aosch in da Höll unt verbrennt.

Die Pinzgauer gingen aus dem Dom heraus
Und laffn gleich eini ins nächste Wirtshaus.

Im Lauf der Zeit haben sich viele Strophen entwickelt, Strophen mit der Bitte um Schutz vor Naturkatastrophen und vor Übergriffen der erzbischöflichen Obrigkeit. Der Text des Refrains parodiert die Gebete „Kyrie eleison, Christe eleison" und „Gelobt sei Jesus Christus", der hier zu einer Christl geworden ist, vielleicht um als Frau besser zur nachfolgenden Salome zu passen, zu Salome Alt, der Mätresse des Erzbischofs Wolf-Dietrich, mit der er fünfzehn Kinder hatte.

Frau Elisabeth Goethe zitierte den Refrain des Liedes am 7. April 1807 in einem Brief nach Weimar an ihren Sohn Johann Wolfgang, als sie anmerkte, keine geeignete Schreibfeder im Haus zu finden: „Bey uns herrscht eine herrliche Schreiberey, daß wißt Ihr ja von je, gelobt sey die Crespel und die Salome."

Ein preußischer Militärarzt bezeichnete das Lied im Jahr 1905 auf einem Festabend des Anthropologenkongresses in Salzburg als das Lieblingslied der marschierenden Truppe.

Und Wolfgang Amadeus Mozart verarbeitete im Jahr 1784 den Refrain des Liedes in seinem F-Dur Klavierkonzert (KV 459).

Der Franzose

Mancher lebt mit seiner Vergangenheit, als wäre sie eine verflossene Geliebte, mancher versucht, ihr möglichst schnell davonzuleben, mancher wird von seiner Vergangenheit gerade dann eingeholt, wenn er glaubt, sie habe sich doch schon längst aus dem Staub gemacht. Manchen erreicht seine Vergangenheit in dieser Welt nicht mehr.

Mein Großonkel, der Wieser Peter, war Zeit seines Lebens Jäger und eigentlich ein guter Mensch. Während des Zweiten Weltkriegs hatte er wie viele Jäger des Innergebirgs unter anderem die Aufgabe, die beim Kraftwerksbau in Kaprun eingesetzten Zwangsarbeiter, in Kriegsgefangenschaft geratene Polen, Russen, Franzosen und Belgier, bei der Arbeit zu beaufsichtigen. Heute erinnert neben der alten Burg in Kaprun das sogenannte „Russendenkmal" an die beim Kraftwerksbau umgekommenen Sowjetbürger. Wie viele Tote einbetoniert in den Betonmassen der Staumauern liegen, lässt sich sowieso nur erahnen.

Ich war gerade in der dritten Klasse Volksschule, als ich wie nach jedem dieser endlosen Vormittage auch heute den langen Weg von der Schule nach Hause ging, wo meine Großmutter bereits mit dem Essen auf mich wartete. Da sprach mich auf halbem Weg ein Mann in gebrochenem Deutsch an und fragte mich, ob ich einen gewissen Wieser Peter, Jäger aus Kaprun, kenne. Er selbst sei Franzose und Anfang der vierziger Jahre beim Kraftwerksbau in Kaprun als Zwangsarbeiter dabei gewesen. Der Wieser Peter war damals einer der Aufseher im

Lager. Sein Umgang mit den Gefangenen sei ihm bis heute in Erinnerung geblieben. Mehr als einmal habe der Wieser Peter sein Leben aufs Spiel gesetzt, um einem Gefangenen zu helfen. Auch kümmerte er sich nicht um die Anordnungen der Lagerleitung, sondern tat, was er für seine menschliche Pflicht hielt, geheim, illegal und immer der Gefahr ausgesetzt, für sein Verhalten zur Verantwortung gezogen zu werden. „Nach vielen Jahren bin ich heute endlich aus Frankreich hierher gekommen, um mich beim Wieser Peter für alles zu bedanken", sagte der Franzose mit dem erwartungsvollen Gesicht eines Menschen, der das Gefühl hat, nun bald etwas los zu werden, das ihm schon lange auf dem Herzen liegt.

Ich habe dem Mann aus Frankreich mitgeteilt, dass ich den Wieser Peter zwar sehr gut kenne, er aber leider schon seit über einem Jahr tot sei. Ich sehe noch, wie er plötzlich etwas im Auge hatte und mehrmals tief schlucken musste, bevor er die Worte herausbrachte: "Jetzt bin ich zu spät gekommen." Dann drehte er sich langsam um und ging wie einer, der gewohnt war, mit der Gegenwart seiner Einsamkeit zu leben.

Obwohl ich damals nicht alles genau verstanden hatte, war ich doch sehr stolz auf meinen Großonkel, der Menschen kannte, die von weit her kamen, um sich bei ihm für etwas zu bedanken, das in ihrer Vergangenheit einmal wichtig war für das ganze weitere Leben.

Entschuldigung

In der Zentrale der innergebirglerischen Gebietskrankenkassa arbeitete schon seit Jahren ein gewisser Egger Toni als Sachbearbeiter. An sich ruhig und unauffällig, hatte er doch eine Eigenschaft, die ihn vor allen anderen Mitarbeitern und Mitarbeiterinnen herausragen ließ. Er kam jeden zweiten Morgen um zehn Minuten zu spät zur Arbeit. Schließlich war er der konsequenten Meinung, der gesündeste Schlaf sei der Schlaf nach Sonnenaufgang. Und seine Gesundheit ging ihm über alles, nicht nur, weil er ein Angestellter der Gebietskrankenkassa war, sondern hauptsächlich aus rein persönlichen Gründen. Da er immer besonders originelle Entschuldigungen für sein Zuspätkommen auf Lager hatte, die seinen Chef, den nicht näher benannten Herrn Direktor, gleichermaßen verwirrten und amüsierten, war jeden zweiten Morgen zehn Minuten nach Arbeitsbeginn die halbe Belegschaft versammelt, um sich die heutige Entschuldigung ihres Mitarbeiters anzuhören. Erst dann konnte der Arbeitstag so richtig beginnen.

Einmal sagte er: „Tut mir leid, Herr Direktor, aber ich hatte einen furchtbaren Alptraum. Mir träumte, dass einige Kollegen aus unserem Betrieb mit Maschinenpistolen auf Sie losgehen. Sie kommen näher ...” Der Direktor hörte fasziniert zu: „Konnten Sie diese Mitarbeiter erkennen?” „Noch nicht”, sagte der Egger Toni wild gestikulierend, „aber sie kommen näher ...” „Und dann?”, wollte der Direktor wissen. „Dann hat der Wecker geläutet”, gab der Egger Toni wahrheitsgemäß zu. Der Direktor ärgerte sich: „Ja, hätten Sie denn diesen

Traum nicht zu Ende träumen können?" „Wollt ich ja", sagte der Egger Toni, „also hab ich mich noch einmal hingelegt, zehn Minuten lang, konnte aber nicht mehr einschlafen."

Eine andere Entschuldigung lautete folgendermaßen: „Entschuldigen Sie, Herr Direktor, aber mir sind heute früh fürchterliche Dinge passiert. Ich setze mich ins Auto, fahre los, nach fünfhundert Metern stirbt der Motor ab, hoffnungslos, ich lasse das Auto stehen, laufe zum Bus, erwische ihn, quetsche mich rein, werde aber an der nächsten Haltestelle wieder rausgequetscht. Ich mache Autostop, ein schwarzer Mercedes nimmt mich mit, ich stelle fest, das sind Bankräuber, die von der Polizei verfolgt werden. Sie nehmen mich als Geisel, die Polizei stellt uns. Schießerei, die Gangster flüchten, ich werde befreit, Reporter, Blitzlichter, ich schnappe mir das nächstbeste Fahrrad, fahre mit dem Vorderrad in einen Kanaldeckel, es ist verbogen, ich hirsche weiter und komme mit genau zehn Minuten Verspätung hier an." Der Direktor war beeindruckt: „Und das alles in zehn Minuten. Tolle Leistung." „Finde ich auch, andere brauchen dafür oft Stunden, wenn nicht Tage," sagte der Egger Toni, ging an seine Arbeit, während sich der Herr Direktor Fragen stellte, die er lieber für sich behalten hat.

An Tagen aber, an denen der Herr Direktor anscheinend mit dem falschen Fuß aufgestanden war, hatte er von den andauernden Entschuldigungen seines Mitarbeiters genug: „Ich will jetzt keine Ausreden, Herr Egger, sondern die Wahrheit. Was war los?" Der Egger Toni drückte herum: „Das kann ich Ihnen nicht sagen."

Der Direktor brauste auf: „Was los war, will ich wissen!" „Also bitte, wenn Sie unbedingt darauf bestehen. Sie müssen wissen, meine Frau und ich sind in der Früh immer so wild aufeinander ..." Der Direktor warf energisch ein, dass normale Menschen solche Tätigkeiten auf den Abend verlegen. „Am Abend sind wir immer so müde von der Arbeit," entschuldigte sich der Egger Toni, „aber in der Früh können wir so richtig loslegen ..." Er wollte gerade vor halb versammelter Belegschaft ins Detail gehen, als ihn der Herr Direktor brüsk unterbrach und ihm seine heutige Verspätung ausnahmsweise noch einmal verzieh. Der Egger Toni setzte sich an den Schreibtisch und blickte freundlich zu seinem Chef hinauf: „Danke, Herr Direktor, ohne Ihre Nachsicht wären wir nie zu unseren Kindern gekommen."

Eines Tages wurde der Herr Direktor in den Ruhestand versetzt, die Gebietskrankenkassa landesweit neu strukturiert und ein Teil der Belegschaft anderweitig beschäftigt beziehungsweise entlassen. Den Veränderungen durch diesen neu hineingebrachten Wind fiel auch der Egger Toni zum Opfer. Seither fehlt etwas in der Gebietskrankenkassa. Und die ohnehin schon tiefliegende Begeisterung der Mitarbeiter für die Arbeit soll allgemein weiter gesunken sein. Dafür gibt es keine Entschuldigung.

Liebe Jugend!

Der Schieferer Walter, Sparkassenangestellter in Saalfelden, könnte heute spielend Bürgermeister, wenn nicht sogar Landtagsabgeordneter oder womöglich Bundesrat sein und eine ruhige Kugel schieben, wenn ihn nicht diese leidige Affäre, die ihm von irgendwelchen Neidern aus der eigenen Partei in den Mund gelegt worden war, vorzeitig zu Fall gebracht hätte. Alles würde anders aussehen, ganz anders. Doch so ist uns neben seinen allgemein umfassenden politischen Aktivitäten leider auch sein ganz spezieller Appell an die Jugendlichen des Landes erspart geblieben.

Liebe Jugend!
Ich rede an eure Adresse, erstens weil ich es als meine Aufgabe erachte, euch nicht aufzugeben wie zum Beispiel einen Brief, sonst hätte ich euch nämlich geschrieben, und zweitens, weil ich kein Mann vieler Worte bin. Auch wenn ich vielleicht rein äußerlich schon mehr aussehe wie ein Altausseer, so bin ich doch rein innerlich einer von euch geblieben. Und gerade in meiner Person habt ihr es mit einem zu tun, der immer wieder den Monolog mit der Jugend sucht und diesen auch immer wieder gefunden hat.

Euer Unmut ist verständlich. Fehlende Arbeitsplätze, wenig Mitsprache und Freiraum, keine Chancen auf eine sichere Zukunft. Ich kenne das. Das Leben ist eben nichts anderes als ein Wechselspiel zwischen Stress und Erholung, zwischen Lust und Frust, zwischen Sein und Haben. Doch damit auch ihr in Zukunft einmal satt seid und eure Zukunft nicht satt habt, dafür stehen wir irgendwie und denken jetzt schon an unsere Pensionen, natürlich gemeinsam mit euch. Doch was können wir dafür, wenn bei der Erstellung eines Beschäftigungsplans für die Jugend immer eine Pensionsreform herauskommt? Das sind Naturgesetze! Und wenn mir jetzt jemand vorwirft, dass ich vielleicht einmal zwei Pensionen kassieren werde, dann muss ich ihm gleichermaßen zurückwerfen, dass ich jetzt schon mehr als doppelt so alt bin wie er, und auf dieses „mehr" verzichte ich dann freiwillig.

Wir setzen uns gerade für die jungen Jugendlichen ein, wir lassen sie nicht im Regen stehen, wir wollen auf sie bauen. Aber bitte hinterfragt euch doch einmal selbst, auf wen soll man denn heute bauen, wenn rundherum schon alles verbaut ist? Und wer hat alles verbaut, frage ich? Wir natürlich. Wo würdet ihr denn sonst wohnen?

Und ihr wollt, dass wir euch etwas zutrauen? Das tun wir! Aber bitte, wie wollt ihr, dass wir euch etwas zutrauen, wenn ihr uns vorwerft, dass wir uns im Leben nichts getraut haben außer einer Trauung? Wir haben schließlich aus Jugendlichen Ehefrauen gemacht. Und was macht ihr daraus? Lebensabschnittsbegleiterinnen! Ein Unding schon als Wort. Und erst als Person! Jugend spielt sich in den Familien ab und nicht auf der Straße. Also geht auf uns Familien zu, aber bitte nicht in Form von Krawallen und Ausschreitungen. Denn so schnell kann ein jugendlicher Krawalleur gar nicht ausschreiten, ist er von einem generationenübergreifenden Polizeikondom umzingelt! Polizeikordon heißt das natürlich. Merkt euch das bitte! Danke.

Änderung in Hollersbach

Frau Rosemarie Lackner, Hausfrau, Mutter und Privatzimmervermieterin in Hollersbach, beschloss eines Tages, ihr Leben radikal zu ändern und meldete sich bei einem von der Volkshochschule Mittersill organisierten Abendkurs für Malerei an. „Jetzt, wo die Kinder schon größer sind, kann ich auch an mich denken", dachte sie.

Sie erwies sich als äußerst begabt, ihre Ideen, so bunt, dass es bunter gar nicht mehr geht, nahmen mit ein paar Pinselstrichen auf dem Papier eine dermaßen originelle Gestalt an, dass der Kursleiter, ein Lehrer für Bildnerische Erziehung an der Hauptschule, Frau Lackner über alle Maßen lobte. „Sie haben ein gutes Gefühl für das Zusammenspiel der Farben", sagte er einmal zu ihr. Die anderen Kursteilnehmerinnen, ausschließlich Frauen, zerrissen sich wegen dieser und ähnlicher Aussagen des Kursleiters beim anschließenden Zusammensitzen im Café Pletzer gern das Maul über Frau Lackner, die diesen Nachbesprechungen meistens fernbleiben musste, weil sie ihrem Mann versprochen hatte, sofort nach Kursende wieder nach Hause zu fahren. Er machte sich schließlich seine Sorgen, war sie doch mit seinem neuen, vom Familienmunde abgesparten BMW allein unterwegs.

Es kam der Tag, an dem die Arbeiten in einem Raum der Hauptschule ausgestellt wurden. Jede Kursteilnehmerin, so die Anordnung des Lehrers für Bildnerische Erziehung, hatte etwas besonders Typisches für die Ausstellung auszusuchen. Mehr als ein Bild pro Person war wegen der im ganzen doch erheblichen Teilnehmerinnenzahl allein schon aus Platzgründen nicht vorgesehen. Frau Lackner konnte ihre übermäßige Aufregung kaum verbergen, hatte sie doch endlich einmal die Möglichkeit, ihrer Familie zu zeigen, was alles in ihr steckt. Sie führte ihren Mann und die beiden Kinder durch den Ausstellungsraum, sagte dort und da etwas Gescheites zu einzelnen Werken, doch wie sehr sie auch suchte, von ihrem Bild war weit und breit nichts zu sehen. Hingegen stellte sie fest, dass von der Frau des Sparkassendirektors, die ebenfalls an dem Kurs teilgenommen hatte, zwei Bilder anstatt nur ein einziges, wie vereinbart, an der Wand hingen. Frau Lackner konnte natürlich nicht wissen, dass die Frau des Sparkassendirektors auf ihren Mann einen derart gewichtigen Einfluss genommen hatte, über seinen Parteifreund, den Hauptschuldirektor, beim Lehrer für Bildnerische Erziehung, der ebenfalls derselben politischen Partei wie sein Vorgesetzter angehörte, zu bewirken, die Wichtigkeit der Frau des Sparkassendirektors gegenüber den anderen Kursteilnehmerinnen und ganz besonders gegenüber der Privatzimmervermieterin Rosemarie Lackner aus Hollersbach herauszustreichen. Frau Lackner verstand die Welt nicht mehr und war den Tränen nahe, ihr Mann sagte nur beiläufig zu seiner älteren Tochter: „I hab ihr gleich gsagt, dass die Malerei nix is für sie. Aber auf mi hört ja koana." Dann stieg die Familie in den BMW und fuhr nach Hollersbach zurück.

Rosemarie Lackner hat nie wieder versucht, ihr Leben zu ändern, geschweige denn ihre Ideen mit ein paar Pinselstrichen auf Papier zu bringen. Manchmal träumt sie von einem farbigen Raum, dessen vier Wände immer näher rücken und sich wie abgenutzte Topfdeckel auf sie legen wollen.

Hausübung

Wenn man einen Innergebirgler fragt, wie weit es denn von Zell am See bis nach Taxenbach sei, so hört man nicht selten folgende Antwort: „Bis Schüttdorf sands zwoa Kilometer, dann ziacht se sich."

Knapp nach Schüttdorf steht das Einfamilienhaus eines heute pensionierten Hauptschullehrers. Immer wenn ich daran vorbeikomme, denke ich mir, dass dieses Haus wahrscheinlich mit den billigsten Arbeitskräften des Innergebirgs gebaut worden ist, seit es dort so etwas wie eine soziale Gesetzgebung gibt. Die vierzehn- bis fünfzehnjährigen Schüler des Hauptschullehrers durften nämlich damals, wenn sie einmal ihre Hausübung vergessen hatten, zwischen zwei Möglichkeiten wählen, um die versäumten Unterrichtspflichten nachzuholen. Entweder sie kamen an freien Nachmittagen in die Schule und schrieben eine gesalzene Strafarbeit, oder sie fuhren nach dem Unterricht mit dem Lehrer zu seiner Baustelle, um ihm beim Hausbauen zu helfen. Fast alle entschieden sich natürlich für das Hausbauen, war doch das Ziegelschupfen in der frischen Luft viel abwechslungsreicher als in der stickigen Schule zu hocken und irgendeinen Schwachsinn abzuschreiben. Außerdem erschien ihnen die Hilfe am Hausbau eine viel bessere Übung für das spätere Leben zu sein als das langweilige Perfektionieren des Lesens und des Schreibens, hatte doch fast jeder Schüler vor, eines Tages einmal selber und eigenhändig ein Haus zu bauen. Die innergebirglerischen Lehrer waren schon immer sehr weitsichtig, was die Ausbildung ihrer Schüler betraf. Darunter fiel eben auch eine strenge Auslegung des Begriffes „Hausübung".

Urlaubsfotos

Das Strandbad von Zell am See war schon immer ein Ort der Annäherung zwischen den Geschlechtern. Die junge einheimische Männlichkeit wartete geduldig den ganzen Frühling hindurch, bis der See die nötigen Grade erreichte und das Strandbad von jenen fein duftenden urlaubenden Körpern bevölkert wurde, die geradewegs den Verstand vieler Innergebirgler aufputschten. Und der innergebirglerische männliche Verstand befand sich im Sommer prinzipiell in der Badehose.

Im „summer of love", als „Jumpin Jack Flash" anderswo den Sprung zwischen den Generationen verkörperte, gingen davon ziemlich unberührt der Ernstl und der Gustl, Brust heraus, Bauch hinein, mit Kennerblick durch das Strandbad, um Eindruck zu machen, beiläufige Fragen hinzuwerfen und dabei äußerst kühl zu wirken. Fragen wie „Woher kommst du?" oder „Heiß heute, gell?" waren keine Seltenheit. Doch in diesem Sommer schien die erprobte Taktik nicht recht zu funktionieren. Weder dem Ernstl noch dem Gustl gelang es, bei den Objekten ihrer Begierde zu punkten, und der Sommer war schon bald zu Ende. Nicht einmal den Däninnen, bekannt dafür, relativ leicht herzugehen, konnte ein dauerhaftes Interesse am Ernstl und am Gustl eingeimpft werden. „Heuer geht aber auch gar nix eini", sagte der Gustl, ohne seinen bewährten Charme zu hinterfragen. Und nachdem zwei deutsche Touristinnen, braun gebrannte Schwestern aus einem Nest in der Nähe von Kassel, noch dazu an deren letztem Urlaubstag, wo es erfahrungsgemäß etwas freizügiger als sonst zugeht, die beiden Einheimischen auch nach hartnäckigsten Annäherungsversuchen einfach stehen gelassen hatten, war das Maß voll. Dem Ernstl reichte es bis oben hin. „Die werden sich noch anschauen", sagte er zum Gustl.

Die beiden Mädchen verabschiedeten sich gerade grußlos zu einem längeren Schwimmen in den See, da nahm der Ernstl ihren neben dem Badetuch liegenden Fotoapparat bundesdeutscher Fabrikation an sich und ging damit, vom Gustl treu begleitet, hinter eine Umkleidekabine. Dort zogen die beiden ihre Badehosen aus und fotografierten sich gegenseitig von vorne, von hinten, von der Seite, immerzu an jenen ungebräunten Stellen, die zu verbergen eine Badehose landläufig dient. Auch Gustls markante Knollennase musste einmal kurz für ein entsprechendes Motiv herhalten. Unter zufriedenem Gelächter deponierten sie den Fotoapparat wieder an seiner ursprünglichen Stelle neben dem Badetuch, noch bevor die beiden Mädchen erfrischt und gewaschen aus dem Wasser stiegen. Dann verschwanden sie, getrieben von der Suche nach Opfern, die vielleicht mit den Vorzügen eines waschechten Pinzgauers innige Bekanntschaft schließen wollten. Die beiden Mädchen trockneten sich ab, machten noch schnell einige Fotos von sich und der dahinter liegenden Bergwelt, seufzten ein paarmal, gingen wie fast jeden Tag auf eine Kärntnerwurst und ein Achtel Kalterer See ins Traube-Stüberl und fuhren am nächsten Tag glücklich erholt mit ihrem VW-Käfer in das Nest in der Nähe von Kassel, wo sie wieder ein ganzes Jahr lang durch eine abwechslungslose Arbeit als Buchhalterinnen das Wirtschaftswunder ein Stück nach vorne zu treiben hatten.

Nach der Ankunft brachte eine der beiden Schwestern die im Urlaub verschossenen Filme zum Fotografen des Nestes in der Nähe von Kassel. Da keines der Mädchen Zeit dazu hatte, beauftragten sie eine Tante, die fertigen Fotos ein paar Tage später dort abzuholen. Die Tante, Frau des Bürgermeisters des Nestes in der Nähe von Kassel, staunte nicht schlecht, als sie die Urlaubsfotos zu Gesicht bekam. Neben Honigkogel, Schmittenhöhe, Schwalbenwand und Sausteige sah sie jede Menge männlicher Obszönitäten von vorne, von hinten und von der Seite. Auf einem Foto war sogar, sozusagen als Punkt auf dem i, Gustls Knollennase zu erkennen, von einem schmierigen Grinsen unterlegt. Widerlich! Das fanden auch ihr auf der Stelle alarmierter Gatte und die Eltern der beiden Schwestern. Die noch anhaltend sonnengebräunten Mädchen versicherten glaubhaft unter Tränen, dass sie für diese Fotos nichts könnten, vermuteten jedoch böse Absichten von zwei mehr als flüchtigen Bekanntschaften. Das Ganze war also nichts als ein gemeines Attentat von Innergebirglern.

Der Vater der Mädchen wollte die Sache auf sich beruhen lassen, doch sein Bruder, der Bürgermeister, Onkel und Firmpate von einer seiner Nichten, schwor bittere Rache: „Wenn diese Schluchtenscheißer denken, wir lassen das so durchgehen, haben sie sich aber geschnitten. Die sollen mich kennenlernen!" Er verfasste ein scharfes Protestschreiben an seinen Kollegen Lois, Bürgermeister von Zell am See, mit dem er sich bei seinen Urlauben im Pinzgau schon mehrmals brüderlich zusammengesoffen und auch sonst bestens verstanden hatte. Aus dem Plan der beiden Herren, Zell am See mit jenem Nest in der Nähe von Kassel zu verschwistern, um im Rahmen einer gerade in Mode gekommenen Städtepartnerschaft das gemeinsame Saufen von Amts wegen hochoffiziell betreiben zu können, wurde jetzt natürlich nichts mehr. Denn derartige Schweinereien lehnte der Deutsche grundsätzlich ab. So sehr der Lois auch beteuerte, dass es sich bei dieser schamlosen Aktion nicht um einen gezielten Anschlag auf Urlauberinnen, sondern um ein Missverständnis handelte, sein deutscher Kollege blieb konsequent, schließlich sollte man ihn kennenlernen. Darüber hinaus pochte er auf eine lückenlose Aufklärung des Falles, verlangte eine sofortige Auslieferung der Übeltäter und übergab die ganze Sache der innergebirglerischen Gendarmerie. Doch weil ein Pinzgauer Gendarm von Konsequenz mindestens genau so viel versteht wie ein deutscher Politiker, gab man die Angelegenheit sofort zu den ungelösten Fällen und hatte wieder seine Ruhe.

Zell am See verschwisterte sich Jahre später mit einem anderen Nest in der Nähe des Nestes in der Nähe von Kassel. Dass der Lois anlässlich der Verbrüderungsfeierlichkeiten eine Rede gehalten haben soll, die mit den Worten begann „Verehrte Österreicher und Österreicherinnen, liebe Deutsche und Deutsche", gehört jedoch in den Bereich der Legende.

Auf der Heide
(auf eine Weise des unvergleichlichen Robert Stolz)

Versunken ist die Hochsaison,
Getrunken alles und auch Wein,
Kein bundesdeutscher Jodelton
Geht mehr durch Mark und Bein.
Verschwunden ist die Sennerin,
Die jeder gern geküsst,
Verlassen strahlt im Alpenglühn
Der dagelassne Mist.

Auf der Heide liegn die letzten Dosen,
In den Tannenwäldern ruht der Müll,
Durch die Täler ziehn die Arbeitslosen,
Warme Herzen werden wieder kühl.

Doch als Älpler mit den starken Nerven
Weiß ich ganz genau, was ich da tu:
Zu den Plastiksackerln und Konserven
Leg ich meinen eignen Müll dazu.

Zertreten ist das Almengras
Von abertausend Wanderschuhn,
Der letzte Rest vom Campinggas
Steigt leis dem Gipfel zu.
Gebirgsbach und Forellenteich
Schaun aus wie ein WC,
Oh, wanderbares Österreich,
Dir geht es gut, juche!

Auf der Heide liegn die letzten Dosen,
In den Tannenwäldern ruht der Müll,
Mancher fragt sich, wie man diese großen
Abfallberge nun vernichten will.

Doch der Älpler in in den Lederhosen
Schlägert Wälder und macht Berge kahl,
Und im Frühling rutschen dann die Dosen
Mit den Erdlawinen in das Tal.

In der Ferne rauscht der Wasserfall.

Rosenbichl

Manchmal sind wir so in Erwartung des Kommenden, dass das Leben an uns vorbei geht, ohne dass wir es richtig zu greifen kriegen. Manche Menschen sagen sich ein Leben lang: „Da muss ich noch durch, dann wird es endlich leichter." Und sie packen mit beiden Händen an, um es bald leichter zu haben. Nur, wenn man grade wo durch ist, kommt das nächste, wo man durch muss. Leichter wird es dabei selten.

Die Müllauer Leni war eines von jenen Bergbauernkindern, die damals noch vor Beginn des Schulunterrichts zu Hause im Stall mitarbeiten mussten. Erst danach machte sie sich auf den Weg ins Dorf. Zum Waschen blieb dazwischen natürlich wenig Zeit, und so haftete an den Bergbauernkindern während des ganzen Schultages dieser gewisse Stallgeruch, für den sie nichts konnten, weswegen sie jedoch von den anderen, den selbsternannten besseren Kindern verspottet und gemieden wurden. Die Müllauer Leni dachte sich jeden Tag in der Schule: „Da muss ich durch". Nach dem Pflichtschulbesuch musste sie noch einige Jahre durch die Arbeit am Hof ihrer Eltern durch, bis sie schließlich vom Schermtax Ruapp, Bauer auf dem Rosenbichl, einem vor Kraft strotzenden Mannsbild und eine überaus begehrte Partie, geheiratet und auf seinen Hof geführt wurde, wo sie von nun an ihrem Mann als Bäuerin zur Seite stand. So haben es ihre Eltern mit dem Ruapp vereinbart, so war es gut. „Jetzt wird es leichter", sagte sich die Leni, „denn jetzt bin ich Bäuerin am eigenen Hof. Und gern haben tu ich ihn auch, den Ruapp." An diesem Tag lächelte sie zum ersten Mal in ihrem Leben ein wenig.

Der Schermtax Ruapp, weit außergebirgs würde man vielleicht „Schirmtannen Rupert" zu ihm sagen, hatte den Namen einerseits von seinem ererbten Waldbesitz, andererseits aber auch wegen der seltsamen Stellung seiner Füße, die wie die Äste einer Tanne voneinander wegstanden. Leider stellte sich für die Leni bald heraus, dass seine wegstehenden Füße das einzig Lustige an ihm waren, denn an sich war er ein ziemlicher „Zrittling". Bei einem Zrittling handelt es sich um einen Menschen, der zritt ist, zerrüttet also, jähzornig und aufbrausend bis zur Gewalttätigkeit. Er verfuhr mit seiner Frau oft wie mit einem Stück Vieh und ließ sie besonders hart schuften, um allen Bauern ringsum zu zeigen, wozu seine Bäuerin fähig war.

Nach den immer häufiger werdenden Wirtshausbesuchen schlug er sich zu Hause oft gern den Rausch von der Seele. Und als sich nach einigen Jahren bei Ruapp und Leni noch immer keine Kinder einstellten, verprügelte er seine Frau fast täglich: „Z´deppert zum Arbeiten, z´deppert zum Kinderkriagn, z´deppert zu alls", schrie er dann im Rhythmus der Schläge. Einen Knecht oder eine Magd konnte er sich nicht leisten, außerdem wollte sowieso keiner bei einem als Zrittling bekannten Bauern eine Anstellung haben. Nur ein junger Holzknecht mit Namen Peter half dem Bauern von Zeit zu Zeit bei der Waldarbeit. Der Peter bemerkte bald, wie es zwischen dem Bauern und der Bäuerin stand und wie sehr die Bäuerin unter den Wutausbrüchen ihres Mannes litt. Vielleicht war auch ein Stück heimliche Schwärmerei dabei, wenn er die Leni lächelnd anblickte, um sie vielleicht ein wenig aufzuheitern. „Irgendwann wird´s bestimmt leichter", sagte er dann. Doch so sehr sich die

Leni auch bemühte, es gelang ihr nie, sein Lächeln zu erwidern.

Die Zustände auf dem Rosenbichl waren bald in der ganzen Gegend bekannt, doch mehr als Mitleid mit der Leni zu haben, konnte keiner für sie tun. Von Scheidung oder Trennung war damals bei den Bauern des Innergebirgs natürlich keine Rede. Also nahm auch die Leni alles hin. Schließlich war die Frau wirtschaftlich von ihrem Mann abhängig, und auch der Herr Pfarrer predigte, dass Mann und Frau, einmal beisammen, immer beisammen sein sollten. „Da muss man eben durch im Leben. Das sagt auch unser Herrgott", sagte der Herr Pfarrer. Oft betete die Leni leise vor sich hin und bat darum, es endlich einmal leichter zu haben.

Eines Tages, der Bauer war mit dem Peter allein im Wald, um Bäume zu schlägern, zog in der Ferne ein Gewitter auf. Die Leni saß gerade in der Küche, schälte Kartoffeln für das Mittagessen und flüsterte dabei: „Lieber Gott, ich habe jede noch so schwere Arbeit getan und mich nie darüber beklagt. Aber warum hast du mich mit so einem Mann bestraft? Habe ich das verdient? Wie lange soll ich denn noch überall durch müssen. Lieber Gott, ich glaube, du hast auf deine Leni vergessen." Eine Stunde später stürzte der Peter in die Küche und brachte schließlich in einer beachtlichen Ruhe hervor, dass der Bauer von einer umgefallenen Fichte erschlagen worden war. Man könne nichts mehr für ihn tun. Da lag der Schermtax Ruapp nun also unter einer Fichte mitten im regennassen Wald, tot auf dem Rücken, die Füße in ihrer lustigen Stellung von sich streckend, während sich seine Seele durch das umstehende Nadelholz einen Weg aus einer Welt suchte, die für ihn schon längst verloren war.

Die Umstände, die zum Tod des Bauern führten, waren für alle klar, eben ein tragischer Unfall, wie er immer wieder vorkommt. Das wurde nie in Frage gestellt. Kurze Zeit später heiratete die Leni den um einige Jahre jüngeren Peter und ließ ihn auf ihrem Hof Bauer werden. In der Leni entstand bald so etwas wie Freude, ein Gefühl, das sie bisher nicht recht gekannt hatte, das aber der Peter mit in die Ehe brachte und seiner Frau zum täglichen Geschenk machte. Und als die Leni schließlich Zwillinge bekam, hatte sie bisweilen ein Lächeln, das die Zeiten überdauern sollte. „Meine Kinder werden es einmal leichter haben", sagte sie sich in Erwartung des Kommenden, während das neue Leben eine Pause machte, bevor es langsam an ihr vorbeiging.

Herbe Enttäuschung

Als der Widauer Hans, Melker in Unken, das weder eine Abkürzung von „betrunken" ist, noch mit den gleichnamigen Kröten etwas zu tun hat, nach einem harten, gerechten und arbeitsreichen Leben geradewegs in den Himmel fahren durfte, fragte ihn Petrus: „Woher kommst du, mein Sohn?"

Da er annahm, dass der große Petrus das bescheidene Nest Unken nicht kennen würde, antwortete Hans: „Aus dem Innergebirg." „Welches Innergebirg meinst du", fragte Petrus weiter, „das Innergebirg im Kaukasus, im Karakorum, in den Kordilleren, den Dolomiten, im Tien Shan oder wo sonst?"

Ehrlich enttäuscht, dass das Pinzgauer Innergebirg nicht das einzige auf der Welt war, spürte der Widauer Hans plötzlich eine lebenslange heimatliche Verbundenheit von sich abfallen und war heilfroh, nie wieder nach Unken zurückkehren zu müssen.

Nachrichten aus dem Innergebirg

Zusammenhang

Am zwölften März letzten Jahres überfiel gegen fünfzehn Uhr dreißig in der Nähe des Lamprechtsofenlochs ein mittelgroßer, schnurrbärtiger, eindeutig als Einheimischer auszuweisender Mann die siebenundvierzigjährige Hausfrau Amanda Steinkogler auf offener Straße und entwendete ihr eine Geldbörse mit hundertsechsundsechzig Schilling. Kurze Zeit später beraubte im etwa zweiundzwanzig Kilometer entfernten Leogang ein ebenfalls einheimisch wirkender Mann die örtliche Raiffeisenkassa. Er erbeutete siebentausendeinhundertneunundachtzig Schilling und soll ins angrenzende Tirol geflüchtet sein.

Gendarmerieberichten zufolge kann zwischen beiden Straftaten kein Zusammenhang bestehen, weil der Räuber zwischen dem Lamprechtsofenloch und Leogang auf der Loferer Bundesstraße auch durch Weißbach hätte kommen müssen und somit dem Auge des Gesetzes kaum entgangen wäre. Schließlich sitzt das Auge des Gesetzes nicht umsonst den ganzen Tag im Weißbacher Gasthof Auvogel und schaut auf die Loferer Bundesstraße hinaus.

Bericht

Nachdem sich ein Jahr zuvor bereits in Zell am See ähnliche Szenen abgespielt hatten, wurde nun auch in Taxenbach eine Kuh rabiat. Beim Verladen auf den Lastwagen einer Fleischhauerei riss sie sich los und rannte zwei Kilometer auf der Straße nach Zell am See und wieder zurück. Der gesamte Autoverkehr kam total zum Erliegen. Einige Mutige verloren angesichts des gesenkten Kopfes und der auf sie gerichteten Hörner den Mut und gaben auf. Nur der Kraftfahrer Johann Posch aus St. Georgen glaubte, es mit dem dreijährigen Rind aufnehmen zu können. Er packte es bei den Hörnern, wurde aber mitgeschleift, brach sich das rechte Handgelenk und erlitt starke Abschürfungen am ganzen Körper.

Die alarmierte Gendarmerie sicherte mit mehreren Beamten großräumig das gesamte Gelände ab, ein Beamter streckte die Kuh mit zwei gezielten Karabinerschüssen direkt in den Schädel nieder. „Damit das Fleisch genießbar bleibt", so schrieb der offenbar sachkundige Beamte danach in seinen Bericht, habe er das Tier noch mit seinem Messer gestochen.

Aktiv oder passiv

Der Präsident der Landwirtschaftskammer war einer der wenigen studierten Pinzgauer des Innergebirgs. Doktor der Volkswirtschaft. Man hätte ihn durchaus als einen „homo sapinz" bezeichnen können, so gescheit war er. Immerhin wurde seine Laufbahn mit dem Titel eines Präsidenten gekrönt.

Einer seiner Mitarbeiter, der Sigi Niedrist, war im Gegensatz zu seinem Präsidenten ein ziemliches Rindvieh. Stur vor sich hin glotzend saß er da und erweckte den Eindruck, nur äußerst schwer zu verstehen, was rundherum geschah. Eines Tages fragte er den Präsidenten frei von der Leber weg: „Wos hoaßt eigentlich aktiv und passiv?" Denn das wollte er immer schon wissen. Der Präsident fragte den Sigi zurück: „Wo arbeiten Sie, Herr Niedrist?" „Bei der Viehversteigerung in Maishofen", antwortete der Sigi grad heraus, und der Präsident fragte noch einmal: „Aktiv oder passiv?"

Damit stehen gelassen, ging der Sigi nun verwirrter denn je seiner Arbeit nach, versteigerte immer lustloser und wurde schließlich von Amts wegen bis zum Ende seiner aktiven Laufbahn in die Schlachthofverwaltung versetzt.

Jeden Abend

In seiner Firma wäre er sehr gern die Nummer eins, doch leider ist er nichts als eine Null. Genau genommen gilt er als der letzte Dreck. Sogar ein Gastarbeiter aus der Türkei hat in dieser Firma mehr Gewicht als er, ein Einheimischer von Geburt an. Der Chef und die Kollegen machen ihn jeden Tag zur Sau.

Seit einiger Zeit jedoch ist er auf Grund von zusammengekratztem Kapital in der Lage, jeden Abend die Sau, zu der man ihn tagsüber gemacht hat, ordentlich herauszulassen. Wie er das tut, kann man immer zwischen den Nachrichten und dem Hauptabendfernsehprogramm auf der Umfahrungsstraße von Bruck an der Glocknerstraße in Form eines mehrmals dröhnend hin und her flitzenden, breitreifigen, silbergrauen und wahrscheinlich heimlich auffrisierten Opel Manta erleben.

Modalitäten

Die Loitfeldner Erni kam wegen einer Leistenbruchoperation im Krankenhaus zufällig neben einer Wienerin zu liegen, die sich beim Schifahren das linke Schien- und Wadenbein gebrochen hatte. Nach einer schmerzhaften Nacht sagte die Erni: „I hob heit einfach nit schlofen megn". Ihre Nachbarin, keine Ahnung davon, dass in der innergebirglerischen Sprache „mögen" so viel wie „vermögen", also „können" bedeutet, dachte sich nur: „Wennst net mogst, brauchst eh net schlofen." Dann kümmerte sie sich wieder um ihr Gipsbein.

Auf die Frage der Wienerin nach der Meinung des Arztes zum Verlauf der Gesundung des Leistenbruchs antwortete die Erni: „Der Doktor mog nix sogn." „So a eingebüldeter Aff, der Doktor", bemerkte die Wienerin, und die Erni verstand nicht wieso. Als die Wienerin schließlich eingegipst nach Hause humpeln durfte, sagte die Erni traurig: „I mog noch nit hoamgehn." „Dann bleibst halt da", antwortete die leicht strapaziert wirkende Wienerin, froh, dieses Krankenhaus endlich verlassen und in den zweiten Gemeindebezirk heimkehren zu können.

Schädelpecken

Ist Piesendorf die Hochburg des Plattenwerfens, Maishofen die Wiege des Sauduttnstechens, ein Sport, bei dem in der Hauptsache Mannsbilder ihre zugespitzten Holzpflöcke in die Erde hauen und wo der gewinnt, dessen Pflock am längsten stehen bleibt, so ist Bruck an der Glocknerstraße die Heimat des Schädelpeckens. Zwei junge Männer schlagen im Zweikampf wie Böcke so lange mit ihren flachen Stirnen aufeinander, bis einer der beiden schreit: „Aufhören! I halt des nimmer aus!" Dann hat er verloren.

Manche Schädelpecker sind von diesem Sport mit der Zeit blöd geworden, andere wiederum waren es immer schon, aber einige unter ihnen haben es später sogar zu höchsten politischen Ämtern gebracht. So wurde einer unserer ehemaligen Jugendmeister in die Landeshauptstadt hinaus berufen und war jahrelang Anführer einer politischen Partei.

Martin

Die zufällig an einem Martinitag in St. Martin bei Lofer geborene Tochter des Zimmerersehepaares Josef und Maria Dirnhobel wurde Helga genannt, weil der Name Martina bereits leichtfertig an ihre um eineinhalb Jahre ältere Schwester vergeben worden war. Aber auf einen kleinen Martin arbeiten die Dirnhobels weiterhin hin.

Ein Leben

Er war ein Glücklicher, der alle Ruhe dieser Welt gepachtet zu haben schien, ein argloser, im eigenen Saft liegender zufriedener Mann, der den Rahmen, aus dem er fallen könnte, wie einen vernagelten, zugigen Bretterverschlag ausfüllte. So wurde es von ihm verlangt, so war es vorgesehen, so stellte er sich das vor. Sein Beruf, eine nicht näher bezeichnete Funktion im öffentlichen Dienst, seine Frau, ein redliches, heimeliges Wesen, seine zwei Kinder und sogar sein Hund waren ihm angepasst und machten ihn rundum zu einem Prototypen, der sein eigenes Dasein fest in den Händen hielt. Niemals im Leben fiel er auf, um nicht eines Tages in eine Tiefe zu fallen, deren Bodenlosigkeit ihn um alles Glück der Welt bringen könnte. So lebte er dahin.

Letzte Woche starb er. Sein Sarg verschwand, ohne anzuecken, wie vorgesehen in der Grube. Abgegangen ist er eigentlich keinem.

Literaturhinweise

Brettenthaler, Josef; Laireiter, Matthias: Das Salzburger Sagenbuch. Salzburg 1962

Floimair, Roland (Hrsg.): Vom Wiederaufbau zum Wirtschaftswunder. Ein Lesebuch zur Geschichte Salzburgs. Salzburg 1994

Hörburger, Franz: Salzburger Ortsnamenbuch. Salzburg 1982

Lahnsteiner, Josef: Oberpinzgau. Hollersbach 1956

Lahnsteiner, Josef: Unterpinzgau. Hollersbach 1960

Lahnsteiner, Josef: Mitterpinzgau. Hollersbach 1962

Loimer-Rumersdorfer, Ingrid: Dö Pinzgara wolt'n Kirfiart'n gehn. Aus: Salzburger Heimatpflege, 13. Jg, Heft 2, 1989

Walleitner, Josef: Wildern im ehemaligen Erzstift Salzburg. Salzburg 1965

Auswahl lieferbarer Bücher unserer Edition:

Peter Blaikner: Iphigenie in Rauris. Volksstück mit Gesang.
EDITION EIZENBERGERHOF 2 ISBN 3-901243-01-1
Paperback, 51 Seiten, mit 12 Fotos. Salzburg 1992.

Christine Haidegger: Schöne Landschaft. Eingesammelte Prosa.
EDITION EIZENBERGERHOF 3 ISBN 3-901243-02-X
Paperback, 198 Seiten, Salzburg 1993.

O. P. Zier: Andeutungen. Ein Lesebuch.
EDITION EIZENBERGERHOF 5 ISBN 3-901243-04-6
Paperback, 139 Seiten, Salzburg 1994.

Ludwig Laher: Im Windschatten der Geschichte.
Näherungen und Zuspitzungen. EDITION EIZENBERGERHOF 6
ISBN 3-901243-05-4. Paperback, 213 Seiten, Salzburg 1994.

Manfred Koch, Günther Nussbaumer: Manhattamania.
New York unter die Haut gegangen.
EDITION EIZENBERGERHOF 7 ISBN 3-901243-06-2
Gebunden, mit 25 Farbtafeln. 63 Seiten, Salzburg 1994.

Ferdinand Sauter: Gedichte. Hrsgg. von Peter Blaikner
EDITION EIZENBERGERHOF 10 ISBN 3-90124309-7
Paperback, 111 Seiten, Salzburg 1995

Special poetics. Eigene Geschichten.
EDITION EIZENBERGERHOF 17 ISBN 3-901243-16-X
Paperback, 80 Seiten, Salzburg 1998

Barbara Schwaighofer: schwerelos. Gedichte.
EDITION EIZENBERGERHOF 21 ISBN 3-901243-20-8
Paperback, 107 Seiten, Salzburg 2000